魔豆

明明是魔族的我，

為什麼變成了拯救人界的英雄？

vol.3

天罪——著

明明是魔族的我，為什麼變成了拯救人界的英雄？ vol.3

目錄

克拉蒂 精靈 人
克勞德 牛頭人 魔
智骨 骷髏 魔

明明是魔族的我，為什麼變成了拯救人界的英雄？

CHARACTERS

Prologue

不同於以泛人形種族爲主軸的人界，魔界的智性生命體高達數百種，他們的文化、習俗、理念與價値觀皆不相同，在發展過程中進行碰撞，然後理所當然地演變成戰爭。

魔界戰火從未停息，只有火勢大小的問題。戰亂持續了數千年，同盟與背叛的旋律永不休止，無數生命爲此凋零，大量種族爲此消失，即使如此，戰火仍持續延燒，彷彿不把魔界焚燒殆盡，絕不罷休。

「難道就沒有其他處理方式了嗎？」——於是，有些魔族萌生了這樣的念頭。

與延續數千年的戰火相比，那種想法就像一滴微不足道的水珠，很快就會被燒乾。然而，當擁有相同想法的魔族達到某個規模時，水珠便會匯聚成大河，開闢出一條嶄新的道路。

就這樣，魔界聯邦誕生了。

有別於魔界過去盛行的「殲滅」，聯邦採取「共存」的手段，並且大獲成功。魔界聯邦一開始只是幾個中型與弱小國家的集合體，然而僅用了短短數百年，它變成魔界最強大的勢力。

魔界聯邦採共議體制，聯邦主席雖然仍沿用魔王之名，但每十年就會更換，而且不得連任。魔界聯邦的實質權力大部分集中在別名「萬魔殿」的魔界聯邦最高議會手中。

萬魔殿是魔界聯邦首都歐克拉爾最高大的建築，除了休會期的七月與十四月，這裡總是顯得忙碌萬分。

魔神曆7699年8月16日這一天，萬魔殿如同往常一樣在審議法案。議場內充斥著怒吼、指責與譏諷，如果不是因爲議員們都是以精神投影的方式開會，恐怕早就有魔族捲起袖子大打出手了。

「現在進行下一個議案——關於人界的正義之怒要塞駐軍是否須要撤回。」

擔任議長的七宙寶樹大公宣布議案名稱時，喧鬧的會場頓時安靜下來。

下一秒，議案發起人蜘蛛大公的投影出現在主席台上方。蜘蛛大公是一頭體長超過三十公尺、擁有百對複眼的黑色巨蛛，不過此時出現的投影卻是一個外形可愛的迷你蜘蛛。據說這是投影設計者故意爲之，目的是減少議場的殺伐之氣，但也有傳聞設計者其實只是想戲弄議員，要相信哪種說法端看個人。

「各位，我軍駐守人界已超過半年，其中的利弊得失，相信大家都清楚知道了。」

蜘蛛大公用與可愛外表不符的低沉聲音陳述主張。

「人界前線已無戰事，但我們卻派了四個軍團在那邊，這根本就是可恥的浪費！更重要的是，我們到現在仍一無所獲，人界戰爭依舊看不到盡頭，因此我提議將軍隊全部撤回魔界，回到最初的戰略固守形態。」

「我反對！」

蜘蛛大公話才剛說完，一道外形十分可愛的龍形精神投影立刻取代他原先的位置。他是霸龍大公，眾所皆知的主戰派。

「爲了打下正義之怒要塞，你以爲我們花了多少代價？現在你一句撤軍就要我們放棄過去的努力，你把士兵們的生命當成什麼了？一旦人界軍奪回要塞，他們就會重新發動侵略，一切又要從頭開始。難道這就是你想要的嗎？」

「只要讓人界軍知道侵略的代價，他們就不會輕率地再次發動戰爭。我們的確付出了很多，但反過來說，人界軍也是一樣的。要是繼續駐軍，只會不斷空耗敵我兩方的資源，這種做法一點意義也沒有。」

蜘蛛大公的意見的確有其道理。

攻打異界絕不是一件容易的事，截至目前爲止，人界軍展現出來的戰力與魔界軍相差無幾，以致兩軍陷入對峙僵局。這樣的狀態要是一直持續下去，魔界軍的後勤壓力只會越來越重，進而對聯邦內部帶來一連串負面影響。

「愚蠢！人界軍有了這次經驗，下次侵略時必定會做好更加萬全的準備，誰能保證我們下次一定可以擊退他們？一旦我國境內變成戰場，會造成何種後果不用我多說了吧？阻敵於境外，這才是正確的戰略！」

霸龍大公的主張沒有錯誤。

魔界聯邦在魔界也有敵人，長年敵對的國外勢力、主張退出聯邦的武裝團體、層出不窮的災獸，這些都是嚴重影響聯邦穩定的危險因子。若人界軍在聯邦境內站穩腳跟，後果不堪設想。

繼蜘蛛大公與霸龍大公之後，又有多位議員請求發言。從內容來看，他們都是兩位大公的擁護者，最後情況演變成單純的罵戰，場面變得一片混亂，逼得七宙寶樹大公不得不動用議長職權宣布暫時休會。

一小時後，會議重新開始，但情況仍沒有好轉。駐軍派與撤軍派依舊不斷攻擊彼此的論點，誰也不肯退讓。最後，同為魔界七大公之一的絕望大公提出了折衷的意見。

「我們在這裡爭論再多，也只是紙上談兵。撤軍之後前線會不會出問題，還是要派人去前線看過才知道。我建議組織一個隊伍，去正義之怒要塞進行實地考察，以免做出錯誤的結論。」

這個提議獲得了絕大多數議員的贊同。

01.
關於魔界與人界的那些事

「觀察團？」

智骨複誦著從副官同伴口中聽來的新穎名詞，確認自己記憶中的軍隊人事規章中沒有類似字眼後，才補上一句：「那是什麼東西？」

「派系鬥爭下的扭曲產物，透過玩弄權力而誕生的非正規臨時編制。」

克勞德無論表情或語氣都顯得相當毒辣。雖然身爲牛頭人，但克勞德具備了遠超同族的眼光與感性，因此在評論事物時往往能夠直指本質。

「數萬將士拚上性命打下來的要塞，只要幾個人的幾句話就能決定要不要放棄。眞是了不起啊，那些萬魔殿的大人物們。哎呀哎呀，我也好想出人頭地，然後召募一大堆女侍衛，把工作交給她們，自己只要負責玩樂就好。」

金風一邊啜飲紅茶，一邊透露自己的野心。

「觀察團成員的名單也出來了，你們看看唄。」

菲利遞出手上的報紙，眾人看完上面的報導，發出了絕望的哀鳴。

「一、二、三、四……六個撤軍派，三個駐軍派，一個中立派？太明顯了吧，這個！」

「恐怕上面已經打定主意要撤軍，爲了給駐軍派一個台階下，才會搞出觀察團這種東西吧。」

「不，這很難說，觀察團團長可是銀枝伯爵，他是著名的中立派，事情或許還有轉機啡。」

「唉，拚命戰鬥卻換來這樣的結果，眞不知道我們這麼努力工作是爲了什麼。」

「總覺得完全沒有幹勁了啊。做出這種決策，上面就完全沒考慮到士氣方面的問題嗎？再這樣下去，總有一天軍隊會被他們玩垮的。」

「你想太多了，他們只會考慮如何掌握權力啡。至於我們這些小角色，只能乖乖做好被安排的工作而已。啊……一想到這裡，工作的熱情就消失了。」

眾人大肆批評萬魔殿的愚蠢做法，乍聽之下像是在感嘆自己的勞動成果被蹧蹋，然而此時的他們卻正在做著與工作毫無關係的事。明明正值上班時間，克勞德手上拿著的是詩集，金風與菲利則是在對奕戰棋。

智骨冷眼看著一邊扮演薪水小偷，一邊抱怨的同僚們，心想要是上面派來的觀察團看到這一幕，肯定二話不說決定直接撤軍了吧。眼見克勞德等人毫無危機感的樣子，智骨覺得自己有必要提醒他們一下。

「你們這麼輕鬆沒問題嗎？爲了不讓觀察團抓到把柄，司令部一定會要求整肅軍紀，最近日子要難過了。難道你們已經有了對策？」

此話一出，克勞德等人的動作頓時停止，接著瞪大雙眼，一臉錯愕地看著智骨。見到三人的反應，智骨也愣住了。

「……不會吧？你們完全沒想到這點嗎？正常來說應該都會想到吧？」

「因爲以前從來沒有觀察團這種東西啊啡！」

菲利驚恐地大喊，克勞德與金風用力點頭。他們的回答讓智骨十分困惑。

「不，總會有上級視察什麼的吧？觀察團其實就跟那個一樣。」

「哪個上級會來視察我們啊？從你入伍到現在，有見過上級視察這回事嗎？」

被金風這麼一問，智骨立刻翻動記憶的抽屜，然後發現事情似乎眞是如此。自他誕生以來，不管是在不死軍團或超獸軍團，都沒見過上級跑來視察部隊。

「因爲八大軍團是實戰部隊，跟防衛軍那種壁畫部隊不一樣。上面對我們的要求只有一個，那就是『能打就好』，其他都不重要。」

克勞德嘆了一口氣，解答了智骨的疑惑。

魔界聯邦的軍隊事實上分為兩個系統——負責對外戰鬥的八大軍團，以及負責內部治安的防衛軍，後者的戰鬥力、作戰機會與危險性，皆遠遠低於前者，因此經常被戲稱是壁畫部隊，也就是「擺著好看的東西」。

治安防衛軍由於工作性質，經常接觸權力者與民眾，因此必須擺出光鮮亮麗的形象，接受視察的機會也更加頻繁。相較之下，總是前往危險區域進行征伐的八大軍團自然不受那些養尊處優的高層青睞，「上級視察」對他們來說就像是某種傳說中的東西。

「等一下，那個，智骨，你說司令部會要求整肅軍紀……具體來說會做什麼？」

菲利的問題就像是完全不知道這世上還有「軍紀」這個字眼一樣。

「就是一切按規定來。不遲到早退，不打混偷懶，甚至會故意要求我們加班，做出勤奮忙碌的樣子給上面看。」

智骨根據書中看過的印象如實說道，金風聽完立刻發出哀號。

「加班？絕對不行——！我還要跟茱莉、可奈兒、克麗奧、珍妮、瑪麗、艾瑪、娜娜、默月、麗紅、阿加莎約會啊！這會打亂我的行程表！」

眾人震驚地看著金風。他們雖然知道這傢伙喜歡搭訕異性，但沒想到竟然敢一次腳踏十條船。看見同僚那彷彿正在看垃圾的眼神，金風輕咳一聲。

「請不要誤會，她們只是普通朋友。普通的，嗯，沒錯。」

「普通朋友？那你幹嘛那麼緊張？」

「因爲我是一個尊重承諾、信守約定的好魔族。我擔心加班會害我失約，影響大家對我原有的良好印象。」

當然，沒人相信金風的辯解。

「我也不能加班啡。不，其實我很樂意，但身體無法負荷。咳！咳咳！」

菲利一邊壓著胸口，一邊咳嗽。由於文弱的外表，不知道的人恐怕會眞以爲他罹患了什麼重病，事實上這名男子的身體非常健康，連感冒都沒得過。

「我也不能加班，是宗教方面的因素。太陽下山之後繼續工作，乃是瀆神之舉。」

克勞德拋出了絕妙的藉口。魔界聯邦對於信仰很寬容，雖然四大魔神的宗教是主流，但也有少部分民眾會信奉一些聽都沒聽過的神明，遵守著在外人看來相當莫名其妙的教義。

間。

「……你們慢慢想吧，我要去人補委開會了。」

看著爲了逃避加班而不斷苦思理由的同僚們，智骨決定不繼續在他們身上浪費時間。

人類補完委員會。

一個含括了正義之怒要塞所有實權大人物，以要塞司令與四大軍團長爲固定成員的龐然大物。

這個名字聽起來似有惡搞之嫌的奇怪組織，開會頻率通常一個月一次。它的成立目的在於檢視「人類補完計畫」的進度與成果，並提出改進方案，不過因爲參與者都是一些搞不懂人類補完計畫究竟是什麼的角色，所以會議最後都會變成閒聊。

明明是計畫的制定者，卻不明白計畫的本質——聽起來雖然可笑，但這就是人補委的眞面目。

雖然發給部下們的指導大綱上有清楚寫出人類補完計畫的目的，但那不過是按照字面上的意思，憑藉想像力與文字修飾所堆砌的東西。

智骨抵達司令部會議室的時間比平常早了二十分鐘，沒想到椅子上已經坐著人了。

「哦，來得眞早啊。」

不死軍團長副官巴倫放下手中的文件，向詫異的智骨打招呼。

「你也來得很早。發生了什麼事嗎？」

「爲什麼這麼想？我只是因爲不想遲到才提早來的。」

「你才沒那個時間呢。」

「呼……被看穿了嗎？眞敏銳啊，不愧是你。」

「這跟敏銳什麼的無關，只是根據常識做出的推理。」

副官這個職位就像祕書，服侍的長官越是高階，要處理的工作就越多，如果不幸遇上怠惰的長官，工作量更是翻倍。

很遺憾，目前駐紮於正義之怒要塞的四大軍團中，正好有三位軍團長屬於這種類型。超獸軍團長黑穹，討厭被辦公桌束縛；不死軍團長夏蘭朵，整天躲在棺材裡睡覺；魔道軍團長桑迪，沒事就鬧失蹤。因此他們的副官一直非常辛苦。

「……其實，夏蘭朵大人最近似乎有了靈感，開始施加祝福了。」

「嗚哇——！」

智骨露出牙痛般的表情。

眾所皆知，不死生物可以透過更換生體零件的方式自我強化，軍隊體系的不死生物更是熱衷於這種改造，許多不死士兵為此砸光每個月的薪水，甚至還有那種為了幫自己多裝一條漂亮又鋒利的尾巴，不惜揹負數十年貸款的改造狂熱者。

生體零件價格不菲，改造手術的費用非常高昂，如果是技術高超的改造技師，收費更是驚人。不死軍團招募士兵時提出的福利之一，就是每年一次的免費改造名額，以及比市價便宜一半的優惠生體零件價格，而且軍隊的改造技師全是水準一流的高手。

不死軍團的改造技師都是值得信任的對象——除了夏蘭朵。

夏蘭朵不僅是軍團最強，同時也是極其優秀的改造技師，然而這樣的她，卻連續多年被評比為「最不想遇到的改造技師排行榜」第一名。

夏蘭朵的改造極其任性，她完全不顧慮對方的想法或喜好，只會做自己想做的東西。擅長近戰的士兵被裝上遠戰武器、有懼高症的士兵被裝上高速飛行翼、沒有魔力的士兵被裝上魔力驅動型強化裝甲……類似事件層出不窮，造就無數悲劇。當然，其中不乏成功案例，只是數量實在無法與失敗的相比。

因爲找不到自願接受夏蘭朵改造的士兵，所以她後來乾脆隱瞞身分混入改造室，等不知情的士兵進來接受改造時，想逃也逃不掉了。

每個人都有可能接受改造，改造的結果也無法保證幸福，這就是不死軍團的名產——「巫妖女王的祝福」。

「幸好你已經離開不死軍團了，只有在這時候我才會羨慕你。」

「有什麼好羨慕的？與其每天被黑穹大人打爆，我寧願接受夏蘭朵大人的祝福。」

「不不不，被打爆只要痛幾天就好，要是得到奇怪的祝福，影響可是會一直持續下去，直到下次改造爲止哦。」

「問題是我每隔幾天就會被打爆一次，這跟持續被打爆沒兩樣啊！」

「至少不用花錢吧！重新改造可是要很多魔晶幣的！你以爲我們薪水多少啊！」

兩人開始爭論究竟哪一邊的遭遇更不幸，這種沒意義的比較持續了十幾分鐘，直到會議室大門被打開後才停止。

在智骨與巴倫的注視下，一名神色憔悴的女子拖著疲憊的步伐進入了會議室。

她的名字是愛麗莎，魔道軍團長桑迪的副官，一名會將常人對於魅魔這個種族的綺麗幻想徹底擊碎的魅魔。

愛麗莎的外表跟平時一樣淒慘，厚重的黑眼圈、無神的雙眼、乾枯的頭髮、粗糙的肌膚、下垂的肩膀，一切的一切，無不充分表現出什麼叫被工作榨乾的魔族。

如同智骨先前說的一樣，有著怠惰上司的副官通常很忙，雖然不至於開會時遲到，但也很難太早抵達會議現場。愛麗莎便是最好的例子，距離規定的開會時間正好還有一分鐘。

當牆上時鐘來到指定時間後，一名手上提著布娃娃的綠髮青年恰好走進會議室。他便是人補委委員長，也就是要塞司令官雷歐的副官沙奈爾。

巴倫站了起來，就在沙奈爾準備將布娃娃交給他時，愛麗莎突然開口了。

「……抱歉，雖然有點突然，可是這次叫醒無心大人的儀式可以交給我嗎？」

所謂的儀式，指的是給予與狂偶軍團長進行了精神連結的布娃娃刺激，提醒無心要開會了。因爲座位剛好就在旁邊，所以這個工作一向由巴倫負責。

「嗯？我是沒關係啦，不過爲什麼？」

「……最近、工作壓力有點大。」

「……啊、啊啊，這樣啊……嗯，交給妳了。」

巴倫彷彿明白了什麼，一臉同情地將布娃娃交給愛麗莎。她接過布娃娃之後沒有立刻行動，而是用混濁的雙眼凝視著娃娃，似乎將它當成了某個不在此處的對象。

「這、這是——？」

「何等強烈的殺氣！」

「這股氣勢已經遠遠超越了尉官！是校官——不，將官級！」

就在眾人震驚的同時，愛麗莎將布娃娃放到桌上，然後一拳揍向它的腹部！

有如悶雷般的巨響頓時響徹室內，風壓吹翻了椅子，會議桌的桌腳也深深陷入地毯，由於用了魔法加固，會議桌與布娃娃依舊完好如初。

下一秒，布娃娃雙眼突然亮起光芒，這意味著遠在狂偶軍團營區的無心開啓了精神連結。

「——我在此宣布，人類補完委員會第十七次會議，開始。」

沙奈爾迅速收起驚訝的表情，用冷淡聲音說道。其他人也立刻回到位子，做出一副什麼事也沒有發生的樣子。唯獨布娃娃歪頭摸著自己的肚子，似乎對什麼事感到困惑。

「那麼我就直接進入主題了。」

沙奈爾裝作沒看到布娃娃的動作，沉靜道：

「相信大家已經收到消息。近期內，上面會派一支觀察團過來考察我們的情況。本次會議主題，就是針對這個消息做出妥善對策。」

果然如此，眾人心想。

這可是足以左右正義之怒要塞駐軍未來的大事，近期內，正義之怒要塞的大小事務肯定都會爲此做出改變。

應該會暫停吧，否則很難對觀察團解釋。

智骨猜測司令部會下令中止人類補完計畫，畢竟這個計畫只是正義之怒要塞私下進行的實驗，沒有向上報備。這點雖然尚在部隊自主裁量權的範圍之內，但爲求謹慎，還是先暫停計畫，等度過了這波考察比較保險。

然而沙奈爾接下來所說的內容，卻與智骨的預期完全相反。

「司令部決定正式向觀察團介紹人類補完計畫，讓觀察團感受到我們的熱情與

用心，因此希望各位今天能踴躍發言，提出有益的意見，令人類補完計畫變得更加完整。」

「請等一下！」

智骨像是褲子著火一樣，從椅子上跳了起來。

「正常來說不是應該相反嗎？暫停計畫，把一切恢復正常才是最安全的做法吧！」

「說的沒錯，司令部也有人提出這樣的意見。」

「那麼——」

「但最後還是決定不那麼做。司令官希望能給觀察團一個衝擊性的印象，打破他們既有的偏見，好讓他們用公正的眼光評斷我們的所作所爲。」

智骨頓時明白了，司令部也從觀察團的人員名單中嗅出不尋常的味道，所以才會做出這樣的豪賭。

如果對方眞的打定主意找麻煩，採取一般的保守做法就沒意義了，因此不如反其道而行，做出超乎對方預期的行動，說不定有機會開闢一條生路。但在智骨看來，這根本不算什麼奇策，而是自殺。

智骨還想繼續反駁，沙奈爾用不容質疑的嚴肅語氣與表情制止了他。

「這是已經決定好的事。」

「……我知道了。」

眼見反對無效，智骨只好無奈地坐下，但沙奈爾的下一句又讓他重新跳起來。

「另外，智骨，上面決定讓你擔任觀察團的接待負責人。只要是對接待工作有益的行動，你都可以放手去做，司令部會全力配合你。」

「什、什麼？請等一下！」

「這是已經決定好的事。」

「不，這也太奇怪了吧？這種接待工作一般不是應該直接讓司令部接手嗎？」

「因爲你是人類補完計畫的提案人。如果觀察團對計畫提出疑問，你是最有資格回答的魔族。司令部希望你在接待觀察團的時候，能好好地介紹人類補完計畫，讓他們感受到這個計畫的優秀之處。」

「可是——」

「這是已經決定好的事。」

完全不允許對方拒絕的高壓態度，徹底揭露軍隊這個世界的冷酷本質。智骨臉色蒼白地望向巴倫與愛麗莎，希望他們能夠說些什麼。

如果是能力出眾的他們，絕對能看出司令部的命令有多危險。這可是關係到要塞駐軍的大事！拜託了，拿出你們的勇氣與良知吧！

察覺到智骨的視線，巴倫與愛麗莎就像是聽見了智骨的心聲，一起露出了溫暖的微笑。看到兩人那彷彿訴說著「一切交給我吧！」的眼神時，智骨不禁感到一陣安心。

然後——

「這個決定眞是太棒了！如果是智骨，肯定能將接待工作做得非常完美。不死軍團必定會全力協助的。」

「魔道軍團也是一樣。」

智骨仰頭看著天花板，心中湧現一股似乎有什麼即將從眼眶裡面流出來的錯覺。

事情爲什麼會變成這樣？

超獸軍團上尉智骨坐在辦公室的椅子上抱頭苦思，桌上待處理的文件堆得很高，但他完全沒有工作的心情。

同樣拋棄工作的不只智骨，還有他的三位同僚。克勞德、金風與菲利正在玩撲克牌，並且準備了點心與飲料。他們邀請智骨一起加入，但被拒絕了。

「還沒從打擊中恢復過來嗎？太脆弱了吧，這可不是我們超獸軍團的風格。」

「不過我能理解。被上面強塞麻煩的工作，心情不好是正常的。」

「所以這時候就要做一些可以放鬆心情的事啡。眞的不加入嗎，智骨？」

智骨沒有理會他們，繼續沉浸於煩惱之中。

「哎呀，雖然說是棘手工作，但如果是你，一定沒問題的。」

「只要完成這次任務，上面肯定對你非常滿意，升官加薪絕對不成問題，說不定會因此升上少校呢。」

「哦哦哦哦！不得了啡！我軍有史以來最年輕的少校啡！眞羨慕啡！」

克勞德三人試著從其他角度鼓勵智骨，但他們的話語完全沒有觸動智骨的心弦。

「既然如此，我們交換如何？我會擔任顧問全力協助你們的。」

克勞德等人沒有回答，而是開始進行了「今天天氣眞好」、「餅乾味道不錯」、

「牌運眞差啊」、「最近膝關節有點痛」之類的對話。簡單來說，就是強行轉移話題。

觀察團接待負責人是一份糟糕至極的工作。

雖然被賦予了誇張的權力，但失敗機率同樣高得無與倫比，更重要的是風險與利益完全不成正比。任務就算成功，得到的獎勵也不可能超過軍隊的獎懲規定，然而一旦失敗，不僅會成爲四大軍團的罪人，此生無望翻身，甚至有可能喪命。

看著故意無視自己的同僚，智骨嘆了一口氣，然後繼續抱頭煩惱，直到下班鐘聲響起才回過神來。

克勞德等人早已離開，看著僅剩自己的空曠辦公室，智骨發出了不知道是今天第幾次的嘆息，然後收拾東西下班。

……出去走走吧。

心情沉重的智骨不想就這樣直接回宿舍，決定散步一下轉換心情。

黃昏的晚霞將天空染得一片絢爛，要塞大街上充滿下班的士官兵，有的想去喝一杯，有的想找地方玩樂，有的想吃飯，有的想購物，熱鬧程度絲毫不輸給大後方的都市。

理論上，這樣的風景不該出現在前線，但正義之怒要塞將不可能化成了可能。

人界軍當初建造正義之怒要塞時，原始的設計概念便是「自給自足」。爲了應對不知何時才能結束的監視任務，要塞裡有大量民生與娛樂設施，駐守於此的十萬人中，更有高達三分之一的非軍事人員，其中不僅包含軍眷，還有商人、農夫、工匠等職業者。

奪下正義之怒要塞後，魔界軍也沿襲人界軍的做法，從大後方召來大量非軍事人員，進行長期據守的準備。

街道的活力完全沒有感染智骨，只見他雙眼無神地隨意亂走，最後在某個建築物前停下。

那是一間書店，招牌上寫著「醇酒屋」——要是有愛好杯中物的魔族在此，肯定會大罵標題詐欺。

下意識走來了啊……算了，進去看看吧。

智骨遲疑了一會兒，然後走進書店。

書店並不大，走進去便能感受到某種特殊的氛圍，那就像是將歷史與知識融合起來，然後置於名爲時間的容器中予以沉澱一樣，是種難以言喻的感覺。

此時的書店沒有客人，裡面只有坐在櫃台後方偷懶的老闆與正在打掃的店員。

書店老闆是個有著淺橘色長髮與淡棕色眼眸的高挑美女，她穿著露肩的連身禮裙，手持細長菸斗，上挑的眼角與艷麗的嘴唇散發出淡淡的魅惑氣息，乍看之下很像是從事某種特殊職業的女性。

此人名爲九命，種族是妖貓，雖然長相與裝扮很不相配，但她的確是這間書店的老闆。

店員是有著黑色短髮與黑色眼眸的少女，身穿裙子長度有點危險的女僕裝，雖然五官端正，但神情有些呆滯，彷彿才剛睡醒。她的名字是貝莉，構裝生物。

「哎呀，這不是智骨嗎？歡迎光臨。」

一見到智骨，九命立刻綻開笑容，眼神彷彿見到了肥羊。

智骨是醇酒屋的常客，他只要休假就會跑來這裡找書，每個月都會在這裡砸上一半左右的薪水。

「好久不見，老闆。難得今天看見妳。」

「討厭，幹嘛說得好像我老是不在一樣。」

「不是好像，妳的確經常不在。」

「在的哦，雖然身體被困在黑暗之中，但我的心沒有被拘束，一直在這裡，與客人同在。」

「請別把自己縮在被窩裡面睡覺的事形容得這麼夢幻。」

「被看穿了嗎？不愧是千年一見的天才不死生物，呼呼呼呼。」

九命掩嘴輕笑，雖然嘴上說著讚美的話，但態度怎麼看都像是在調侃。智骨移動視線，看向站在一旁的貝莉。

「小貝莉，妳好。」

「你好，智骨先生。」

小貝莉深深一鞠躬，然後挺直背脊說道：

「感謝您的光臨。請像往常一樣努力消費，將寶貴的魔晶幣浪費在這些無益又無用的垃圾上面，小貝莉的薪水也會因爲您的愚行而增加。老闆與小貝莉賺到了錢，垃圾們有了新家，智骨先生獲得了微不足道的滿足感，大家都得到幸福，太棒了。」

面對有如土石流般撲來的粗暴言語，智骨沒有生氣，只轉頭看著滿臉微笑的九命。

「……雖然有點多嘴，不過我覺得妳最好還是幫小貝莉加一下薪水，讓她換些新零件比較好。」

貝莉是九命從二手市場買來的古董貨，因爲太過老舊，所以行動總是搖搖晃晃，講話的內容也很糟糕。

「贊成。小貝莉也很希望加薪。智骨先生雖然頭骨裡面是空的，可是心地善良。如果您需要，小貝莉可以用身體作爲報答。」

「不，我不需要。」

「只要一千晶就夠了。」

「竟然要錢！而且好貴！」

智骨每月的薪水是三千兩百晶，這同時也是一般魔界軍上尉的標準薪資。

「小貝莉不是那麼廉價的女孩。請放心，絕對物超所值，小貝莉的記憶庫有很多資料，不論哪種姿勢都沒問題，保證可以讓您得到前所未有的滿足。」

「不，就說我不需要了。」

「推薦的姿勢是迅雷光殺之型，天地煌鬥流的最終奧義。」

「爲什麼是格鬥架勢！而且還是最終奧義！妳以前究竟在哪裡工作啊！」

天地煌鬥流是魔界著名的徒手戰鬥流派之一，規模很大。

「因爲小貝莉經歷過很多事。雖然是被使用很多次的中古貨，可心靈還是純潔的，所以完全沒有問題。」

「問題很大！心靈純潔的傢伙才不會說出這種話！」

「是，小貝莉瞭解了。智骨先生也跟那些差勁的男性一樣，喜歡未開封的原裝貨，好滿足下流的征服慾。小貝莉下次會把自己羞恥的地方事先包好，讓智骨先生親手撕開膠帶。」

「我從來沒說過那種話！而且爲什麼是膠帶？這跟膠帶有什麼關係？」

小貝莉沒有理會智骨，只是一邊不斷重覆著「膠帶、膠帶、膠帶……」的低語，一邊繼續進行掃除工作。

「老闆，我說眞的，把她送去保養一下啦！妳這間店會沒有客人，那傢伙肯定佔了很大的因素！」

「我也很想這麼做，可是沒有錢吶。只能請你努力消費，爲小貝莉的保養費做出貢獻了。今天想找什麼樣的書？」

智骨一邊懷疑自己進的究竟是舊書店還是剝皮酒店，一邊隨口回答：

「不，今天不買書，只是看看而已。」

「這樣啊，那我推薦幾本吧。像這本，《不死生物的一百種死法》，內容挺有趣的。還有這本，《魔王其實比你想像的還要蠢》，這在一百年前可是禁書哦。」

九命轉了下手中的細長菸斗，隨即便有兩本書從不同書櫃飛了出來，輕盈落到櫃台上。智骨雖然有點心動，但購物的欲望很快就消退了。以他現在的情況，就算買了書也沒心情看，日後也不見得有機會看。

「還是算了。」

「嗯哼……？出了什麼事嗎？不介意的話，可以說來聽聽？」

九命不愧是老到的經營者，敏銳地察覺到智骨的不對勁，於是用溫柔的聲音問道。

不知是因爲積累了太多壓力，還是九命的套話技術太高明，智骨先是猶豫了一下，然後就把心中的困擾說了出來。

當然，接待觀察團一事是機密，不可能隨便向外人透露，智骨只說自己被交付了非常棘手的工作，要是處理不好，甚至可能會沒命。

「原來如此。」

九命聽完點了點頭，然後深深吸了一口菸。

「上面知道這是不可能成功的任務，沒有任何魔族想接手，所以才把它塞給你。畢竟不管資歷或功績，你都是最淺的，就算犧牲了，也可以把損失控制到最小。你可真是抽到了壞籤吶。」

九命殘酷指出了隱藏於任務背後的現實考量。智骨則是面無表情地聽著，他早就猜到這一點。

「要我說，既然事情已經變成這樣，你就隨自己心意大鬧一番吧。盡量去幹，鬧得越大越好。」

「要我自暴自棄的意思嗎？」

「不不不，不是的。要是你規規矩矩地做事，上面反而容易撇清責任。」

「……嗯？」

智骨腦中突然閃過一道靈光，他覺得自己似乎理解了什麼。

看見智骨的反應，九命知道對方已經聽懂自己的意思，她帶著狡猾的微笑，用手中的細長菸斗指了指那本《魔王其實比你想像的還要蠢》。

「能夠掌握權力的傢伙，不可能會是庸才。擅長巴結、擅長賄賂、擅長說服、擅長裝傻、擅長幹骯髒事……總之，肯定身懷某種不同凡響的東西。但我們是魔族，不是魔神，不可能什麼事都懂。正因如此，哪怕再怎麼聰明的上級，也可能會被下屬蒙蔽，做出跟傻瓜沒兩樣的決定。這本書講的就是這樣的事，如何？要買嗎？」

之後，智骨離開了醇酒屋，手中的袋子裡裝著九命推薦的那兩本書。

「隨意大鬧嗎……」

望著即將沉沒的夕陽，智骨喃喃自語。

* * *

復仇之劍要塞。

爲了對抗被奪走的正義之怒要塞，人界軍傾力建造的第二座要塞都市。

由於時間緊迫，因此每日不分晝夜地在施工，由於開出的薪水異常豐厚，不少傭兵暫時放下武器，拿起了鐵鍬與鏟子加入工程團隊，雖然淨是一群外行人，但也在建設工程中累積了不少經驗，一部分較爲靈巧的傭兵甚至掌握了學徒等級的土木工程技術，使工程進度變得比原定計畫快上許多。

要塞建造進度加快雖是好事，但負責統籌工程的復仇之劍要塞軍事委員會卻遇上了意想不到的麻煩。

「調查團……？那是什麼？」

裝潢高雅的私人房間裡，克拉蒂．星葉困惑地對著自己姊姊提出疑問。克莉絲蒂．星葉沒有立刻回答，而是先輕啜一口紅茶，過了數秒才緩緩說道：

「簡單地說，就是無聊又麻煩的東西。」

「姊姊，說明太簡略了啦！」

「只是陳述事實而已。」

克莉絲蒂與克拉蒂這對姊妹雖然容貌相似，但給人的感覺卻截然相反。克莉絲蒂看起來冷靜高貴，無論何時都散發從容不迫的氣場；克拉蒂則充滿活力，總是一副無憂無慮的模樣。雖然也有年紀與閱歷上的差距，但最主要的原因，恐怕還是性格不同吧。

雖然復仇之劍要塞位於最前線，但因爲沒有戰事，所以這對姊妹都會一起喝下午茶。剛才的話題，便是來自於今天早上的軍事委員會例行會議。

「最近發生太多事，所以後方那些大人物坐不住了，決定派人過來看看情況。」

克莉絲蒂稍微用了更多字句說明情況。

「發生什麼事——啊、啊啊……原來如此。」

克拉蒂的疑問句很快轉爲肯定，她已經想到後方那些大人物爲什麼會感到不安了。

首先是外患。

兩個月前，復仇之劍要塞防線被災獸襲擊了。事後調查的結果，傾向於「那些災獸其實是魔界軍，爲了試探第一防線的防禦力而發動襲擊」這樣的結論。

再來是內亂。

上個月，身爲復仇之劍要塞軍事委員、同時也是神聖黎明王室成員的阿提莫・梵・薩米卡隆遭到綁架，犯人至今仍未找到。

連串事故讓大後方對於軍事委員會的管理能力產生疑慮，於是決定派出調查團，搞清楚事情始末。若發現可能動搖人界軍戰略的毒芽，便會立刻予以摘除。

「嘛，也不是不能理解他們的想法啦……如果是我，看到那些報告書，也會想要罵人就是了。」

克拉蒂一副深有同感地點著頭，克莉絲蒂則是露出苦笑。

無論是襲擊事件或綁架事件，復仇之劍軍事委員會都沒有調查出令人信服的結果，向大後方遞交的報告書裡充滿了大量臆測與推論，那種東西只能用來哄騙外行人。

然而復仇之劍軍事委員會也有不得不如此爲之的苦衷。

襲擊事件的發生地點太過靠近邊境線，要是派出大量人手調查災獸的來歷，很可能引發魔界軍的應激反應，導致戰爭再次爆發。在復仇之劍要塞完成前，無論如何都要避免這樣的情況。

綁架事件的後續處理更是棘手，由於可能涉及神聖黎明的王位繼承權之爭，軍事委員會實在不想介入其中。光是眼前的魔界軍就已夠令人頭痛，要是再被捲入後方的政治鬥爭，那可不是用麻煩一詞就能形容。

「可是姊姊，想要徹查那兩起事件，不夠分量的傢伙可不行。調查團的成員有誰？

哪一國的？」

「五國聯合派遣，我們這邊派出的是艾尼賽斯・月實。」

「欸欸欸欸——？」

克拉蒂猛然從沙發上站起。

「艾尼賽斯・月實？這也太——」

「很有分量，對吧？」

「……這不是有沒有分量的問題了。十三級魔法師啊，都已經可以跟對面開戰了。」

克拉蒂很快冷靜下來，重新坐入沙發。

「不過這也代表上面是真的想要徹查到底吧，其他國家呢？他們也都派了類似的重量級人物嗎？」

「神聖黎明派了吉姆・梵・哈默斯；火圖派了拉蒙・炎金；卡蘇曼派了浩瀚・潮光；巴爾哈洛巴列哈斯派了……嗯……總之，是個名字比巴沙更長的傢伙。」

「……怎麼我一個都沒聽過？」

「因爲他們跟艾尼賽斯·月實不一樣，比起魔法或武術，更擅長陰謀詭計。所謂的調查工作，可不是光有力量就夠了。」

「原來如此。」

「好好記住他們的名字，那些人在他們自己的國家裡，可都是赫赫有名的大貴族。妳也快要成年了，這方面的知識要多留意，以後會派上用場。」

對於克莉絲蒂的叮嚀，克拉蒂只是以「啊哈哈哈」的裝傻笑容一筆帶過。

💀💀💀

「──那麼，就交給你了，五十三。」

鏡面的混沌有如融雪般迅速消失，莫拉·霧風看著恢復清澈的鏡子，困擾地搔了搔頭。

自從他加入眞理庭園以來，一年大多只會被安排兩、三件工作，由於大多是沒有時限的長期任務，所以還算輕鬆。然而最近不知怎麼回事，上面一直交付任務給他，而且還是不好處理的那種。

在眞理庭園，付出與收穫是對等的，接手困難的任務，便意味著一腳踏上晉升的階梯，不過莫拉很有自知之明，他雖然有野心，但清楚自己的能力上限在哪，也知道自己人脈有限，這些機會沒理由接二連三掉到他頭上。

難道除了我，眞理庭園目前沒有人在復仇之劍要塞嗎……？

莫拉認爲這是最有可能的答案。眞理庭園是祕密結社，而且採取菁英路線，因此成員人數不可能太多。話說回來，莫拉也不清楚眞理庭園究竟有多少人。

確認鏡上的魔法徹底失效、殘留魔力也完全消散之後，莫拉解開了自己寢室的警報法術，準備出門工作。

莫拉是復仇之劍要塞軍事委員克莉絲蒂．星葉之妹——克拉蒂．星葉——的護衛，在他人眼中，這是既輕鬆又容易進入上級視野的好工作，但他並不覺得這是什麼有趣的差事。

「啊，莫拉，早啊！走吧，今天也要去傭兵公會大幹一場！」

一名金髮綠眼的精靈少女見到莫拉後，便脫口吐出與其纖細美貌極不相符的話語。

這位精靈少女正是克拉蒂，她的言行風格便是令莫拉深感護衛一職不是好差事的原因。

明明出身不凡，卻老往冒險家酒吧或傭兵公會那種低俗地方跑，並承接一些無聊又麻煩的工作。在莫拉看來，克拉蒂的行為只不過是一種變相的不務正業、遊手好閒。

如果克拉蒂像一般的深閨千金那樣喜歡茶會，他的負擔就會變得輕鬆；如果克拉蒂正式進入軍隊系統工作，他可以趁機結交有益的人脈。像現在這樣混跡市井之間，對他而言一點好處也沒有。

「……二小姐，雖然您可能已經聽煩了，但請容我再提醒您一次。傭兵不是什麼好職業，請盡早轉換人生跑道。」

「這種話可不能在街上公然說出來哦，莫拉。你以爲這座要塞爲什麼可以蓋得這麼快？全都多虧了傭兵的幫忙啊。」

「不對，是金錢的力量。因爲開出破格的酬勞，所以他們才會願意跑來搬石頭。」

「呃……」

「因爲這樣，工程費用大幅上升，據說追加預算還沒批下來，上面已經打算先從其他地方削減經費好應付開支。再這樣下去，軍隊的士氣一定會下降。」

「呃、呃呃……」

「聽說上面最近要派調查團過來，恐怕就是爲了這件事吧。」

「咦？不是爲了災獸跟綁架事件嗎？」

「……這樣啊，那麼工程經費應該算附加的工作之一吧。畢竟是五國聯合派遣，不可能只爲了一、兩件事就擺出這麼豪華的陣容。」

莫拉一邊隨口附和，一邊思考這份情報的背後意義。

她的消息肯定來自於克莉絲蒂．星葉，也就是說，目前流傳於部隊的理由只是幌子，只有軍事委員會那樣的高層才知道詳情……災獸與綁架事件……組織剛好都有介入其中……我的工作就是幫忙消滅證據？

莫拉不禁想起眞理庭園交代的工作。

「**近期內組織會派人過去執行任務，你要全力協助對方**」——這就是莫拉不久前收到的命令。

沒有明確的工作內容，只要求他提供支援，也就是說組織即將派來的對象無論實力或地位都在他之上。結合克拉蒂洩露的情報，眞理庭園的目的可說呼之欲出。

要是這次任務能順利完成就好了。

因爲沒有更多線索，因此莫拉決定停止思考。只是此時的他怎樣都料想不到，自己日後將會迎來多麼波瀾壯闊的遭遇。

02 天才骷髏的奇策

連接了魔界與人界的「門」，其眞面目是一片不穩定的特殊空間。

這片空間懸浮於半空之中，形狀是一個直徑將近三百公尺的立體圓形。如果從外面觀察，可以看見空間內部充滿了閃爍著無數光點的濃霧，那是因爲元素密度過高所形成的特殊現象。

高密度元素不會造成物理性質的損壞，但會逐漸侵蝕物體，使其產生元素失衡，因此「門」內的動植物都會發生異變，甚至連石頭也不例外。爲了避免誕生災獸，無論人界或魔界都會定期清理「門」附近的動植物，努力讓這裡變成荒地。

這一天，人界的「門」迎來了客人。

濃霧內部出現數道奇形怪狀的高大黑影，當它們離開霧氣最爲濃厚的核心區域後，身姿逐漸變得可以辨識。它們的外觀並不一致，有的形似樹木，有的形似野獸，有的形似昆蟲，甚至還有一團看起來像是扭動火焰的東西。

無庸置疑，它們來自魔界。

是的，這十名魔族——正是萬魔殿派來的觀察團。

「……呼姆，人界的空氣很不錯啊。」

站在隊伍最中央，看起來像是樹木的魔族發出了聲音。

樹木魔族的種族名稱乃是樹妖，屬植物生命體的一種。樹妖一向以壽命悠長著稱，他們知識淵博但欲望淡薄，而且還是創立魔界聯邦的種族之一，因此深受敬重。

這名樹妖有著銀色樹皮與白色樹葉，說話時樹幹表面會浮現有如五官般的黑色陰影。名字是銀枝，既是這支隊伍的首領，同時也是最強者。

「您說的沒錯，伯爵大人。這個世界顯然很有征服的價值。」

一名身上長有大量畸角的獸形魔族立刻回應樹妖。

「說什麼傻話，誰能保證人界的空氣都是這樣的水準？說不定只有這裡特別好。說話前先動動腦子可以嗎？」

一名外形酷似巨大蠍子的魔族隨即出言反駁。

「閉嘴，不懂禮貌的傢伙。我在跟伯爵大人說話，甲殼蟲滾一邊涼快去。」

「請原諒我的失禮，伯爵大人。我只是不想您被某個愚蠢的肌肉狗誤導而已。」

「還真敢說啊，甲殼蟲。想打架嗎？還是想死？」

「呵呵，就只會用暴力解決事情，果然是除了肌肉什麼也沒有的蠢狗。」

獸形魔族與蠍形魔族就這樣開始互相對罵，除了銀枝伯爵，其他魔族分別站在兩魔身後以示支持，只不過獸形魔族僅有兩名同伴，蠍形魔族卻有五名。

獸形魔族名為艾帕庫，蠍形魔族名為拿紮，前者的立場傾向駐軍派，後者則是撤軍派。兩魔皆是子爵，其他魔族的階級在他們之下，至於地位最高的銀枝伯爵屬中立派。

「……呼姆，夠了吧。麻煩兩邊都安靜一點。」

銀枝伯爵一發話，艾帕庫與拿紮立刻順從地閉上嘴巴。

「沒有必要爭執這種事。用你們自己的眼睛去看，用耳朵去聽，用腦袋去思考，這才是我們之所以來到這裡的意義。或許私底下曾有某些同胞向你們許諾過什麼，不過我只希望你們記住一件事——未來是混沌的。」

觀察團成員們的表情出現了一絲鬆動。

混沌的未來——此為四大魔神之一．混沌終末所隱含的意義。

「混沌終末」是命運的引導者，祂將森羅萬象的命運由已知牽引至未知，其存在象徵著「一切皆有可能」。今天的英雄會變成明天的囚徒，低賤的奴隸也可能當上王者；該死之人沒死，不該死之人喪命；被值得信賴的事物背叛，跟宛如宿敵的存在和解。此即無常，亦是混沌，是故——混沌終末。

就算得到了許諾，最後也可能因爲什麼事而無法實現——這就是銀枝伯爵想表達的意思。

「呼姆……總之，收起你們的欲望。我們是觀察團，千萬別在要觀察的對象面前露出醜態。出去吧。」

銀枝伯爵說完逕自邁開樹根移動，其他成員見狀紛紛跟上。

觀察團一離開「門」的霧氣區域，便看見有一支隊伍正等在外面迎接他們。這支隊伍裡最顯眼的是十輛巨大的車子。車子通體以金屬打造，外觀雕刻了精細的美麗花紋，這是魔界聯邦開發的魔法道具「自走箱」，不用動物拖曳也能移動，而且還能變化尺寸，近年來有逐漸取代傳統獸車的趨勢。用這種昂貴的魔法道具作爲迎賓禮車，可以看出正義之怒要塞駐軍對觀察團的重視。

只是不知爲何，這支隊伍竟然全是人類。觀察團對此有些困惑，一時還以爲這個地方已重回人界軍的掌控之下。

「呼姆，是變形術。」

銀枝伯爵低聲說道，撫平了眾人的不安。樹妖一族有許多特殊能力，其中便包括能夠看破魔法的「真視」。

這時，一名黑髮青年從迎接隊伍中走了出來，向銀枝伯爵行禮。

「長官好，我是上尉智骨，歡迎你們的到來。今後這段期間，將由我來負責接待各位。」

「呼姆……了解，辛苦了。」

「長官們希望先休息，還是先聽取有關要塞事務的簡報？」

「你們須要休息嗎？」

銀枝伯爵詢問觀察團的成員，他們全都搖頭。

「那就先聽簡報吧。」

「是，長官。那麼請上車。」

就這樣，觀察團坐上了迎賓禮車。正義之怒要塞與「門」之間的距離大約兩公里，沒過多久，一行人便抵達要塞大門。

雄偉的要塞震懾了觀察團成員們。

無論是堅固高聳的城牆，或是城牆上眾多巨大金屬砲管，都讓人不禁生起敬畏之心。可以想像，魔界軍當初進攻這座要塞時究竟付出了多大的代價。觀察團雖然曾看過那場戰役的資料，但那終究只是紙面上的數字，只有親眼見到正義之怒要塞，才能體會那些數字的重量。

觀察團進入要塞，抵達了專門為他們建造的迎賓館。迎賓館十分巨大，功能也非常齊全，裡面除了有針對觀察團成員的種族特性所改造的個別寢室，還有會議室、談話室、遊戲室、儲藏室、廚房、地下酒窖等等。

進入迎賓館後，智骨帶領觀察團直接前往會議室。在有如倉庫般的巨大空間裡，只有一張長桌與許多高低不一的椅子，除此之外沒有其他裝飾。正義之怒要塞駐軍的大人物們已經在會議室等候多時，這是因為當銀枝伯爵決定聽取簡報時，智骨立刻就派人通知了他們。

要塞司令官雷歐、不死軍團長夏蘭朵、魔道軍團長桑迪、超獸軍團長黑穹都在，就連狂偶軍團長無心，也極為難得地以本體出席。

當觀察團進入會議室後，要塞駐軍的最高幹部們立刻站起來迎接。一番簡單的場面話後，諸魔紛紛落坐，就在這時，銀枝伯爵開口了。

「呼姆，雷歐司令，其實我現在就有一個疑問，不知道你方不方便回答？」

「當然。如果我有辦法回答的話，必定知無不言。」

「我發現要塞裡有許多變化成人類外形的魔界軍士兵，請問這是怎麼回事？」

銀枝伯爵的問題，同時也是觀察團成員們共同的困惑。

不僅是具備人類外形的士兵，要塞裡有七成以上的建築物也都維持著人界風格，若不是高塔上飄揚著魔界聯邦的旗幟，觀察團還以爲他們進入了人界軍。

「原來如此，是這個問題啊。」

雷歐露出充滿自信的笑容，其他軍團長也紛紛露出同樣表情。

「雖然順序有些不對，但還是容我爲各位介紹一下吧。各位所見到的那些，正是我們正在進行的人界征服實驗——人類補完計畫！」

迎賓館的談話室裡，觀察團全體成員正聚集於此。

有關正義之怒要塞事務的簡報結束後，要塞司令官雷歐等人便立刻告辭，好讓觀察團一行人休息。不過在銀枝伯爵的要求下，觀察團立刻轉移到了談話室。

不同於會議室那種簡潔風格，談話室的裝潢較爲講究，室內擺放了大量魔界植物與藝術品，營造出輕鬆的氛圍。

然而，此時觀察團的成員個個表情凝重。

他們目光全部聚集於面前的桌子，桌上有一個金屬長盒，裡面有十條項鍊。如果有任何一個正義之怒要塞的魔界士兵在此，就能認出這些項鍊的來歷。這正是魔道軍團長桑迪親自研發的魔法道具——人化首飾。

「……呼姆，你們有什麼看法？」

銀枝伯爵率先打破沉默。

「伯爵大人，我反對！」

拿紮迅速回答。

「正義之怒要塞這些傢伙根本就是在亂搞！什麼人類補完計畫，萬魔殿同意了嗎？我認爲他們應該全被送上軍事法庭！」

「他們並沒有做出逾越職權的事，甲殼蟲。」

艾帕庫立刻對拿紮的說法回以嗤笑。

爲了應對瞬息萬變的戰場，前線指揮官被允許擁有相當程度的自主裁量權。人類補完計畫這個看似浩大的荒謬實驗，正好踩在那條不可跨越的界線之上。

「就算這樣，至少也該向上報備！他們這是瀆職！」

「他們不是說了，在實驗取得一定成果後就會報備嗎？而且現在不就向我們公開資料了？這也算是一種報備啊。不然他們其實可以一直隱瞞下去。」

「這是狡辯！正是因爲我們來了，他們覺得無法再瞞，所以才不得不公開。我建議我們不用再考察了，應該立刻回到魔界，向萬魔殿揭發他們的劣行！」

「耳朵壞了嗎，甲殼蟲？我剛剛就說了，他們的做法沒有違規，就算報告也沒有意義。」

「閉嘴，我在跟伯爵大人講話！沒腦子的肌肉狗滾一邊去！」

「啥——？想死嗎？」

拿紮與艾帕庫的眼睛同時冒出凶光，就在兩人準備開打之際，一股可怕的氣息突然降臨，兩人動作頓時凍結，眼中的憤怒被畏懼取代。

制止兩人的是銀枝伯爵。

魔界聯邦是實力至上主義，除了少數例外，地位高低往往與實力強弱成正比，身為伯爵的銀枝，力量自然遠勝僅為子爵的拿紮與艾帕庫，也凌駕於其他觀察團成員之上。

「呼姆，沒有中止考察的必要。停止無聊的爭吵，現在我們應該考慮的，是要不要接受他們的提議。」

簡報結束後，雷歐提出了一個建議：讓觀察團也戴上人化首飾，親自體驗人類補完計畫。

「光是用聽的，恐怕仍無法了解人類補完計畫的獨到之處。觀察團的諸位要不要嘗試一下呢？這樣你們就能明白這個計畫的前瞻性與必要性了。我相信體驗後，你們絕對不會失望的。」

雷歐說出上述這番話的時候看起來信心滿滿。聆聽簡報時，銀枝伯爵只覺得這是個無聊的實驗，但現在想想，對方的說詞不無道理。

「我覺得沒有必要。」

「我也覺得不用。」

「哎呀，試一下又不會怎樣。」

「就是不要。變成人類什麼的，蠢斃了。」

其他觀察團成員明顯根據自身派系發表意見，佔據多數的撤軍派自然聲量較大。

「……呼姆，我決定接受建議。這是身爲團長的我的決定，不願聽從的，可以退出觀察團。」

「欸欸？」

「伯、伯爵大人——？」

眾人錯愕地望向銀枝伯爵，似乎很訝異對方竟然會展露如此強勢的一面。

樹妖一族性情淡漠，對於爭權奪利也沒有多大興趣，只是，對爭權奪利沒興趣是一回事，被人因此利用、甚至小看，又是另一回事了。

撤軍派與駐軍派之所以同意讓銀枝伯爵擔任觀察團團長，正是因爲看中了樹妖一族的性格。在他們的想法裡，銀枝伯爵會安靜地完成自己的工作，不會做多餘的事。

如果拿紮與艾帕庫收斂一點，恐怕情況眞的會變成那樣吧。

這兩個魔族收到來自派閥上層的囑咐後，太過急於表現了。明明不論是名義上的職銜或實質上的力量都不如銀枝伯爵，卻三番兩次地做出無視對方話語的行動。就算樹妖本性再淡漠，也難免覺得不快。

「呼姆，如何？要退出嗎？我會幫你們寫陳情信，說你們是因爲基於某些不可抗力才不得不回去的，這樣一來萬魔殿也不會說什麼了。放心，大家會諒解你們的。」

怎麼可能會諒解啊！團員們在心中大喊。

要是什麼都沒做就被趕回去，絕對會被貼上無能的標籤，不只在派閥內抬不起頭，其他貴族也會把他們當成笑話。

團員們沉默不語，就連拿紮與艾帕庫也有些無精打采。看到他們的模樣，銀枝伯爵點了點頭。

「呼姆，那就這麼決定了。各位，戴上吧。」

銀枝伯爵率先拿起桌上的項鍊，其他團員見狀紛紛跟上。下一秒，魔法的光輝染白了這片空間，接著十道人形身影從光芒中浮現。

「呼姆，就讓我們看看，前線這些傢伙究竟在玩什麼把戲吧！」

一名年幼少女用清亮的聲音說道。她有著一頭長及腰間的銀白色長髮，以及宛如寶石般的翠綠眼眸，漂亮的五官略帶稚氣，身材苗條，手腳纖細，用「出塵」來形容也不爲過的美麗容姿，就像是從畫裡走出來的一樣。

這名少女正是銀枝伯爵。

而且沒穿衣服。

「是！」

其他化爲人形的觀察團成員們同聲大喊。

當然——也全都沒穿衣服。

至於這些人以全裸姿態在迎賓館內及周遭行動，以致於引發騷動的故事，在此略過不提。

光線穿過窗簾，安靜但堅定地驅散了房間裡的黑暗。

「……眞不想起來。」

躺在床上的智骨看著從窗戶射入臥室的光線，用鬱悶的聲音喃喃自語。

事實上，智骨早在天還沒亮時就醒了，然後就這樣一直躺著發呆，直到黎明降臨。

他之所以如此，完全是因爲緊張。今天觀察團就要正式考察要塞，而智骨必須全程陪同，一想到接下來可能會遭受的刁難，他那不存在的胃便隱隱作痛。

如果可能，智骨眞希望就這樣一直躺在床上直到腐爛爲止，可惜那只是妄想。

掙扎了好一會兒，智骨總算起身走進浴室進行盥洗。

魔界軍的軍官被允許擁有個人寢室，不過那樣的待遇只有待在基地才能實現，在前線，能夠配發一頂獨立帳篷就很不錯了。然而由於正義之怒要塞留有人界軍建造的大量軍隊宿舍，再加上人類補完計畫的實施，軍官們得以獲得個人的休息空間，在這點上，低級軍官們對人類補完計畫給予高度好評。

不死生物沒有排泄與新陳代謝的問題，但身體依舊會染上外界的髒污，因此定時清潔是有必要的。刷好牙洗好臉，對著鏡子簡單地整理儀容，最後穿上軍服，一名外觀沒什麼特點的普通軍官就這樣誕生了。

……話說回來，爲什麼只有我的人化形態是這樣呢？

看著鏡子裡的自己，智骨腦中浮現至今爲止已經不知出現多少次的疑問。

智骨的上司與同僚們變成人形後，幾乎全是俊男美女，一般士兵也都擁有某種水準的顏值，唯獨他的人化形態普通到了極點。雖然智骨不怎麼重視容貌，但若只有自己跟其他人不一樣，多少會感到在意。

智骨曾經委託愛麗莎向身爲道具開發者的桑迪詢問這是怎麼回事，但對方卻給出了「理由不明，尚待研究」的答案，最後還附帶一句「如果有需要，可以幫你加裝容貌美化功能，不過要付費。」，於是這件事就這樣不了了之。

……不對，現在不是思考這種事的時候，等一下還有重要工作要做。

接待觀察團——這就是智骨被賦予的任務。

雖然完全不想做，但隸屬於組織的悲哀之一，就在於無法拒絕上級交付的工作。當然也有消極怠工這種應對方法，但後果可是非常嚴重的，以智骨的情況來說，那麼做的結局大概就是被送上軍事法庭吧。

沒問題的，已經把能做的事都做好了，接待的內容也得到司令部許可，要是搞砸，也不全是我的責任。

在跟舊書店老闆娘商量的過程中，智骨學到了一件事，那就是在執行上級交付的任務時，千萬不能讓上級有撇清責任的機會。做任何事之前都先獲得許可，而且一定要留下證據，這樣的做法雖然耗時繁瑣，但也降低了發生意外後被扔出去當犧牲品的風險。

智骨逐漸明白官僚主義這個名詞的意義，並且無比渴望日後自己能成爲一位合格的官僚。效率？創意？彈性？通通去死！活到最後的傢伙才是眞正的贏家，如果只想追求瞬間的燦爛與輝煌，那轉生當煙火就好，不死生物才不需要那麼華麗的生存方式。

加油啊，智骨！振作啊，智骨！你一定可以的！相信自己！你做得到！事情一定會順利的！就算不順利，還有其他人陪你一起去死！

智骨不斷對著鏡子爲自己打氣，這是他從圖書館裡一本名爲《成功人士的自我催眠～你或許、大概、應該、可能也有機會成爲人上人》的書中學來的。

整理好儀容與心情，智骨離開宿舍前往迎賓館。因爲兩地之間的距離很遠，所以智骨是用跑的，反正不死生物沒有出汗的問題。

迎賓禮車已經在迎賓館門口等待，負責駕車的士兵們正聚在一起聊天，智骨向他們打了聲招呼，然後詢問門口警衛昨晚有無異狀，接著得到了「一切正常」這樣的回答。

昨晚觀察團成員全體化爲人形，並且四處裸奔的事情，大家全都刻意忽略了……有些事知道了也要裝作不知道，這才是長命百歲的方法。

「這樣啊……沒有提出什麼要求嗎？像是對晚餐感到不滿，或想吃宵夜之類的？」

「報告上尉，沒有。」

迎賓館內有自己的廚房與冷藏設備，事前也已經儲備了各種食材，而且還特地配置了兩名伙房兵在裡面隨時待命，爲的就是應付這種狀況。

看來觀察團比想像中正經……還是說，後頭才會露出本性？

根據資料與傳聞，智骨知道有些監察員會提出各種無理的要求，豪華飲食、喝酒、索賄，甚至要求女兵陪侍，雖然觀察團可能因爲身負重任而行事愼重，但也必須做好各種準備，以防萬一。

……好了，上吧！

雖然沒有肺，但智骨還是深吸一口氣，踏著精神抖擻的步伐進入迎賓館。

迎賓館的客廳聚集了一群年齡各異的俊男美女，他們分成好幾個小團體在閒聊，也有人獨自坐著閉目休息。見到智骨出現，他們立刻中止談話，接著一名坐在沙發上的銀髮美少女開口了。

「呼姆，時間差不多了嗎，上尉。」

「是的，長官。」

「那麼出發吧。今天安排了什麼行程？」

「是的，長官。我們要參觀士兵的訓練設施，若各位有興趣，也可以親自下場操作。」

因爲觀察團全都化爲人形，所以迎賓禮車也換成了較小的尺寸，並且在徵得銀枝伯爵的同意後，讓所有人全都坐在同一輛禮車上。

「呿，士兵的訓練設施？那種低層次的東西有什麼好看的？」

一名坐在窗邊的紅髮美女低聲嘟噥，坐在她身旁的數人紛紛點頭表示認同。

這名女子正是拿紮，化成人形的她，有著一頭波浪狀的酒紅色長髮及同色眼眸，身材高挑，長相美艷。

「拿紮大人說的很對，如果是高級軍官的訓練設備或許還有點看頭，士兵等級的還是算了吧。」

「不可能只有這樣，應該後來還會帶我們參觀士官跟軍官級吧。」

「眞不想在這種地方浪費時間啊。」

在魔界裡，身居高位者往往都是強者。觀察團一行人全都擁有爵位，每個人的戰鬥能力遠遠凌駕於一般軍隊士兵。對他們來說，士兵等級的訓練設施就跟小孩子的玩具沒兩樣。

不久後，禮車在一棟建築物前停了下來。建築物的招牌上同時以人界語和魔界語寫著「閃耀手指」。

「各位長官，這就是人類補完計畫的士兵訓練設施之一——保齡球館。」

智骨面無表情地對眾人介紹。

保齡球——一種讓球在球道上滾動，使其擊倒球瓶的運動。

在人界，保齡球是相當大眾化的運動，否則人界軍也不會在正義之怒要塞建造這樣的娛樂設施。然而因爲這樣那樣的原因，這項運動被魔界軍當成了人類士兵的訓練項目，同時爲因應魔族人化後的力量差異，對其進行了適當的改造。

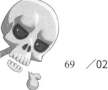

首先是球。

人界最重的保齡球大約七公斤，對人化魔族來說，這樣的重量實在太輕，因此球的重量被提高了十至三十倍，另外還進行了特殊魔法加工處理，不僅堅固，滾動時還會發出炫麗的光芒。

接著是球道。

爲了承受改良過的保齡球重量，球道同樣進行了魔法加工處理，承重極限高達五噸，而且抗火抗冰抗酸鹼。爲了追求難度，最近新增了附有障礙物的球道，例如岩漿陷阱、冰地陷阱、荊棘陷阱、泥沼陷阱等等，頗受高手好評。

最後是球瓶。

有些魔族經常會在丟球時，有意或無意地在球上附加奇怪的東西，比如尖刺、黏液、火焰、風刃、重力與爆炸，因此球瓶也做得格外堅固，甚至還有會主動閃躲的球瓶，或是會將球彈回來的球瓶。

在人類眼中，這樣的保齡球已經無法稱之爲運動，而是某種懲罰遊戲了。然而這種瘋狂保齡球卻深受正義之怒要塞魔界駐軍的歡迎，就連來自魔界的觀察團也由一開始的不屑，轉變成沉迷其中。

「嗚哦哦哦哦哦哦哦哦哦！」

伴隨著充滿氣勢的咆哮，一名馬尾美女將手中的保齡球用力擲出。

馬尾美女的名字是艾帕庫，駐軍派的代表。化爲人形的她是一位灰髮黑眼的運動系美女，無論是看起來非常健康的小麥膚色，還是柔軟卻明顯的肌肉線條，都給人明朗的印象。

重達兩百公斤的保齡球在球道上快速彈跳，有如打水漂般衝向球瓶，並將其擊倒。

「很好，全倒！」

艾帕庫舉起雙手歡呼，一旁的拿紮立刻大聲怒斥。

「好個屁！球要在球道上滾！要滾！妳直接扔出去是怎樣？」

「只是手滑了而已，反正只要把球瓶打倒就好了嘛，這種小事不用在意。」

「少在那邊裝傻！妳這肌肉狗！」

「哈啊？想打架嗎，甲殼蟲！」

拿紮與艾帕庫彼此互瞪，凜冽殺氣有如暴風雪般瞬間席捲四周。

這兩人之所以表現得如此幼稚，是因爲這場保齡球體驗活動已不知不覺變成了正式比賽，而且還押上不少賭注。既然是比賽，本就立場敵對的兩人自然不想輸給對方。

「呼嗚……夠了吧，妳們。有沒有犯規，應該由裁判決定。」

銀枝伯爵及時介入，於是拿�與艾帕庫一起轉頭看向身後的智骨。面對兩位魔族子爵充滿壓迫感的視線，智骨雖然內心慌張得想要躺在地上打滾，但表面上還是一臉冷靜地點了點頭。

「不算犯規，艾帕庫大人這球可以計入分數。」

「哈哈哈哈哈！看吧，甲殼蟲！」

艾帕庫得意大笑，拿梨先是皺起眉頭，然後轉頭盯著智骨不放。智骨心中突然湧現不祥的預感，下一秒，這股預感化為現實。

「伯爵大人，我當然願意服從裁判，但前提是，對方有判定比賽的資格。」

「呼嗚……？妳的意思是……？」

「他必須證明自己擁有判決比賽結果的實力！我要求跟他比試保齡球！」

拿梨指著智骨大聲說道。如果有人類在場，只會覺得拿梨的言論莫名其妙，然而眾魔聽了卻只是理解地點了點頭。

在魔界，高位者必須展現出與其身分相符的能力，無論哪個職業都一樣。裁判也是如此，只有具備勝過在場所有參賽者的實力，大家才會承認你的判決。

附帶一提，由於公正與否並非選擇裁判的最大考量，因此魔界的比賽很容易變成奇怪的東西。

突然被拖下水的智骨瞪大雙眼，正想開口拒絕，銀枝伯爵卻搶先一步代他同意了。

「呼姆……有道理。好，就來一場拿紮子爵與智骨上尉的裁判資格賽吧，因爲沒有可以判定這場比賽的裁判，所以採用模糊規則。」

所謂的模糊規則，就是只要不破壞比賽的基礎形式，任何手段都可使用。

「智骨上尉，沒問題吧？若你拒絕，接下來的保齡球比賽恐怕只會變成無聊的爭吵鬧劇，那麼這場視察最好還是提前結束比較好。」

「……知道了，我接受這場比賽。」

看似面無表情，實則內心猛流冷汗的智骨只能答應，要是在這裡讓觀察團做出扣分評價，責任就全都在他頭上了。

拿紮得意洋洋地回到休息區，撤軍派的屬下們全部聚集過來，紛紛誇讚拿紮聰明。

「不愧是子爵大人，這樣也可以狠狠削一下要塞駐軍的面子了。」

「只要在這裡解決那個上尉，駐軍派那些傢伙也會覺得失望吧。」

「雖然保齡球是好東西，但要是以爲我們會因爲新奇的玩意兒而忘記職責，那就大錯特錯了。」

拿紮眨了眨眼睛，數秒後，她立刻用力點頭。

「對……對、沒錯，就是這樣！我就是爲了這個才要求比賽，絕對不是因爲不爽輸給艾帕庫！」

不小心說出眞心話的拿紮轉頭拿起保齡球，明明重量高達一百公斤，她卻能輕鬆把玩於手。

「拿紮大人肯定能輕鬆獲勝。」

「那當然，拿紮大人連上級關卡都能拿到一百五十分呢！」

「只是一個小小上尉，絕對是碾壓啦！」

雖是初次接觸保齡球，但觀察團很快便掌握訣竅，每個人都能打出不錯的分數。至於他們口中的上級關卡，則是在球道或球瓶上添加各種奇怪的阻礙，增加擊倒難度。

「好，看我的吧！這次就選終極關卡，把那個骷髏上尉徹底擊垮！」

拿紮信心滿滿地發表必勝宣言。

所謂終極關卡，指的是每一次投球，都會隨機出現超高難度阻礙的挑戰球局，極其考驗投球者的實力。拿紮從沒打過終極關卡，但她打從心底相信自己會勝利。

這不是盲目自信，而是基於客觀現實做出的判斷。身為子爵，無論是身體能力或魔力都遠勝智骨，無論怎麼看都沒有敗北的道理。

乍看之下拿紮似乎是在以強凌弱，但銀枝伯爵與駐軍派並沒有阻止她。拿紮的要求非常正當，要怪就只能怪正義之怒要塞司令部太過天真，沒考慮到會發生這種事。事實上，銀枝伯爵對正義之怒要塞司令部有些不滿，竟然只派個小小上尉負責接待工作，擺明了就是輕視他們。剛好可以趁此機會給對方一個教訓。

就這樣，拿紮與智骨進行了一場保齡球比賽。

智骨贏了。

當天晚上，觀察團的撤軍派成員進行了緊急會議。

會議的地點是拿紮的臥室，之所以不利用談話室或會議室，是為了避免被竊聽。由於立場關係，如今的正義之怒要塞對他們來說與敵陣無異，因此必須謹慎以對。

房裡氣氛有些沉重，理由正是因爲拿�白天的失敗。

那場保齡球比賽的結果是一百三十八分對二百八十七分，拿梨敗得非常徹底。

「那個骷髏上尉究竟是什麼來歷？竟然可以使用那麼多種魔法，而且每種法術都非常熟練！」

「他眞的只是上尉嗎？不會是校官、不，是將官僞裝的吧？」

「有可能！那些傢伙太卑鄙了！」

白天的比賽，智骨展現了極其誇張的球技。他巧妙地利用魔法，讓保齡球做出各種不可思議的變化，漂亮攻克了終極關卡的每一個球局，獲得將近滿分的分數。儘管拿梨死命追趕，最後分數還是只有智骨的一半。

「話說回來，原來第三關卡要那樣解啊……球不能單純滾動，還要在空中跳躍，眞是太奸詐了。」

「我覺得第七關卡最陰險，球瓶竟然會在最後一刻合體變身！」

「不不不，第九關卡才討厭，會爆炸的球道根本是犯規吧！」

眾魔的對話逐漸偏離主題，開始研究如何攻略終極關卡。

越是討論，越是能夠理解那些關卡的困難，以及能夠攻略那些關卡的智骨的厲害。

面對會在球道上隨機噴發的熔岩，用風系魔法爲保齡球加速，在熔岩噴發前通過；面對會伸出影子之手偷球的球溝，用骨槍予以擊退；面對會一邊跳舞一邊閃躲的球瓶，用地刺及時改變軌道將其打倒……要做到這種程度，對魔力與法術必須有精細的操縱能力。

當然，也可以硬以力量突破，拿紮就是這樣做的，但由於太過注重力量而忽略控制，球不時會飛到意外的地方。純論「力」的等級，拿紮遠在智骨之上，但在「技」的領域，智骨毫無疑問凌駕拿紮。

「看來這個名叫保齡球的東西，是專門用來訓練力量與魔力的精密控制吧。雖然不想承認，但的確是很有效的訓練設施，想必人類就是因爲經常用這個來鍛鍊自己，才能與我軍打得不相上下吧。」

一名藍髮青年嘆氣說道，眾魔聞言紛紛點頭，他們覺得自己好像能理解人界軍如此善戰的理由了。

這時拿紮用力拍桌，把大家的注意力全部拉回。

「……我承認，我太小看那個叫智骨的骷髏了。」

拿紮臉色陰沉地說道。

「你們，去仔細打聽那個上尉的來歷。還有，別忘了我們的職責，明天一定要努力找碴！別像今天一樣，光顧著嘗試新東西，自己該做什麼都忘了！」

拿紮大聲訓斥部下，因爲包括她在內，眾魔全都沉迷於保齡球之中，甚至完全忘記要吃飯，更別說是挑毛病了。

「聽好了，今天就當作暖身，眞正的勝負明天才要開始！別再像今天一樣犯錯，知道了嗎？」

「哦哦哦哦哦哦哦！」

撤軍派眾魔鬥志滿滿地怒吼，他們打定主意，明天一定要雪恥。

通體由鋼鐵鑄造的巨大船隻從空中緩緩降落，在起降場列隊迎接的士兵們筆直地站著，即使鋼鐵之船降落時引發了可怕的狂風，也沒能讓他們的身體出現一絲動搖。從他們堅毅的表情與散發出的氣息來判斷，可以確定這些士兵都是精銳。

飛空艇——人類爲了對抗來自天空的威脅所創造的超大型魔法道具。

啓動飛空艇須消耗大量燃料與物資，若換算成金錢，啓動一次便足以讓一間中型商會破產，因此只有國家層級才能自由使用。

一般說來，飛空艇最常出現的地方是戰場。在第一次與第二次兩界大戰時，飛空艇都發揮出巨大的作用，爲人界軍確保了相當程度的制空權。

「坐飛空艇過來，而且還是最新型的，排場眞大啊。」

迎接隊伍裡，某個矮人一臉不爽地嘟囔。

「要抱怨等回去再說，別給對方找碴的藉口啊。」

站在矮人旁邊的人類同樣低聲說道。

「哼，如果是來找碴的，不管我們姿態擺得多低都沒用。與其這樣，還不如一開始就表明立場。」

「我知道你跟這次火圖派來的使者不和，可是拜託別擴大你們之間的對立，影響到其他人吶。」

矮人哼了一聲，然後乖乖閉上嘴巴，讓人類鬆了一口氣。

這兩人正是波魯多．火鎚跟阿提莫．梵．薩米卡隆，敢在這種場合講悄悄話的，也只有位高權重的他們了。

不只波魯多與阿提莫，其他的軍事委員也都來了。調查團是五國聯合派遣，而且派出的全是大人物，因此他們於情於理都必須前來迎接。

勸阻完矮人友人後，阿提莫用眼角餘光打量其他人的反應，波魯多聲音雖小，但他們肯定都聽到了。豪閃．烈風看起來有些不耐煩；克莉絲蒂．星葉面無表情；巴沙臉上掛著曖昧的微笑。乍看之下跟平常沒兩樣，但阿提莫還是從中看到了不一樣的東西。

豪閃沒有趁機諷刺……是不屑嗎？還是其實他也贊同波魯多的說法？卡蘇曼派來的使者記得是……浩瀚．潮光，這兩人之間有嫌隙嗎？

仔細想想這也是當然的，後方當然不可能派出與復仇之劍要塞軍事委員會關係良好的人物，否則那就不是調查而是慰問了。只有派出與軍事委員敵對或中立陣營的使者，才能貫徹調查作業。

神聖黎明這次派出的使者與阿提莫沒有任何交情，其他軍事委員想來情況也差不多。這其中有沒有可以運作什麼的空間呢？阿提莫如此思考著。

飛空艇已完全落地，伴隨著低沉的齒輪摩擦聲，位於船腹部位的出入口大門緩緩開啓。最先出來的是負責船內警備工作的士兵，他們以最快速度確定外面沒有問題後，一群華服集團便從裡面走了出來。

走在最前面的，是長相俊俏的精靈男子。他有一頭及肩的柔順金髮與深邃有如湖泊的藍色眼眸，身材高瘦，戴著鑲有寶石的紅金色額飾，身穿繡有銀線花紋的墨綠長袍，就連手甲與靴子也精美得有如藝術品。

第二個走下飛空艇的，是一名擁有灰藍相間的毛髮、暗紅色雙眸、體型壯碩的獸人男子。他的左眼戴著對獸人來說頗爲罕見的單邊眼鏡，身上散發知性的氣質，腰間佩著一柄大劍。

第三人是肥胖的中年矮人男子。由於衣服用了大量貴金屬裝飾，因此整個人在陽光照耀下閃閃發光。然而比起奢華的穿著，他那傲慢的神情更讓人印象深刻。

第四個是灰髮灰眼的中年男子，他目光銳利，鷹勾鼻，臉型削瘦，一眼就能看出是個不好應付的難纏角色。

第五個是年老的侏儒男子，茂密的下巴長鬚用金屬環分成三綹，滿是皺紋的臉上掛著和煦的笑容。

這五人便是這支調查團的核心——精靈的艾尼賽斯．月實、獸人的浩瀚．潮光、矮人的拉蒙．炎金、人類的吉姆．梵．哈默斯與侏儒的亞法羅．那倫提亞．海曼．巴錫爾．沙勒多倫爾斯（簡稱亞沙）。

復仇之劍要塞的軍事委員們走上前去，由克莉絲蒂作爲代表向調查團送上歡迎的客套話。

「路途辛苦了，各位。我謹代表復仇之劍要塞歡迎你們。前線條件有限，請恕我們只能準備這麼簡陋的場面迎接你們。」

「不用客氣，星葉軍事委員。我們能夠理解前線的辛苦，所以不會在意這種事。只不過礙於職責，接下來可能會有許多冒犯到你們的地方，還請多多包涵。」

「那是當然，我們會全力配合你們的工作。」

「感謝你們配合，希望這會是一次愉快的合作。」

兩名精靈的對話平靜有禮，充滿和諧氣氛，然而其他人就不是如此了。兩邊的矮人互相投以嫌惡的視線，獸人雙方則是目光互不相交，兩方的人類均是面無表情，侏儒彼此臉上則掛著意味不明的微笑。

就連周圍警備士兵都察覺到這詭異的情況，不安的烏雲漸漸籠罩每個人的心頭。

清晨時分，智骨站在浴室的鏡子前面，對著裡面的倒影自我打氣。

「加油，智骨！你做得到，智骨！你可以的，智骨！你的人生——不，魔生就算充滿波折，最後還是可以克服一切難關！愛！勇氣！希望！你的未來一片光明！今天的痛苦是爲了明天的成功！是說這樣眞的有用嗎？明明昨天就搞砸了啊啊啊啊啊啊啊——！」

智骨語氣越來越急促，到後來乾脆直接抱頭大喊，聲音也由激昂變成絕望。

之所以會出現這樣的行爲，正是因爲昨天那場保齡球比賽。

智骨雖然獲得壓倒性的勝利，但在那種場合，輸掉不才是最正確的解答嗎？對方可是能夠左右要塞駐軍未來走向的魔界高層，巧妙地輸掉比賽，藉此討好對方，才是最理想的結局吧？

不該贏的……爲什麼要贏啊……一不小心就按照習慣去做了……

智骨不僅是「閃耀手指」的常客，還是分數排行榜的前段班，因爲經常跟球友交流，所以很清楚那些關卡該怎麼攻略。昨天的比賽如果換成從未見過的關卡，智骨覺得自己恐怕會輸得很慘。當初他第一次挑戰終極關卡時，連拿紮一半的分數都拿不到。

事到如今，再怎麼後悔也沒用了，他唯一能做的，就是在往後的視察行程中表現得更機靈一點，盡量討觀察團的歡心。

「……不過，沒想到那樣的行程也能過關。」

智骨低聲呢喃。

提議將保齡球列入視察行程的魔族，正是智骨。

智骨原本策劃的是更加正常的視察行程，只是由於九命的啓發，認爲越是保守的內容越容易讓上級撇清責任，他才推翻之前的決定。送出計畫書的當天，司令部竟然在下班前就把蓋上「許可」大印的公文送回來給他，那時智骨還暗暗冷笑，心想到時出了事大家一個都別想跑，沒想到結果出乎他的意料。

哎，也只是第一天，反正後面就會開始找碴了吧。

智骨很清楚，觀察團成員以撤軍派居多，他們的任務就是努力挑毛病，最好把要塞駐軍批評得一無是處，這樣上面才有理由動手。

第一天沒找碴，可能是有什麼顧慮吧？不過第二天肯定沒這麼簡單，智骨已經有被罵到骨頭裂開的心理準備了。

智骨前往迎賓館時，觀察團就跟昨天一樣，全都在大廳裡閒聊。不同的是，智骨進門的那一刻，眾魔目光全都緊盯著他不放。

智骨立刻察覺到氣氛似乎有些不對，但他沒時間多想，只能繼續面無表情地對著眾魔行禮。

「報告，上尉智骨前來迎接諸位長官視察！」

「呼嗯……辛苦了，上尉。今天的視察內容是什麼？」

銀枝伯爵帶著淺笑問道，智骨迅速回答。

「是！今天要視察的是我軍爲了日後有可能面對水系戰場所建造的訓練設施。」

「呼姆……水系戰場？湖泊或海洋嗎？那不是死溟軍團擅長的領域？」

「不只如此，沼澤、河川、淺灘等地形也與水有關。要是等到遇見水系戰場時才向死溟軍團申請支援，很可能延誤戰機，所以有必要平時就進行相關訓練。」

死溟軍團同是八大軍團之一，成員全是水系魔族，精通水上與水下作戰，目前鎮守於魔界。

「呼姆……也對。看來你們的戰意與進取心非常強烈，否則不會連這種東西都有準備。」

「是！感謝您的讚美！」

站在一旁的拿紮發出不屑冷哼，這種訓練設施蓋得再多也沒用，一旦上面決定裁軍，正義之怒要塞光是防守就來不及了，絕對沒有機會見到與水有關的戰場。

「接下來要怎麼做，你們懂吧？」

拿紮看了一眼部下，他們露出曖昧的微笑輕輕點了點頭。

碧藍深淵——這是正義之怒要塞水上暨水下特殊作戰訓練場的名字。

當初人界軍並沒有在正義之怒要塞建造此一設施，但不久前魔道軍團長桑迪在圖書館中找到某本書，裡面提到了這樣的東西，於是他提議將其重現。司令部第二天就批准了。在四大軍團全力支援的情況下，僅僅花費十天便建造完成。

儘管有著優雅的名字，裡頭的訓練設施卻無比恐怖。

首先，最引人注目的便是全長兩百公尺，壁面充滿流水，中途還附加攀爬角度高達三百六十度的回旋地形障礙——絕望之階。

其次是六個會隨機出現，有如巨獸般將一切瞬間吞噬殆盡，毫無慈悲可言的深水漩渦——幽冥之顎。

然後是會不斷無預警突襲，從水底深處向上噴發，爆雷般把一切炸上天空的間歇噴泉——悲鳴之牙。

接著是由無數魔界水生植物編織而成、形態不斷變化，彷彿沒有盡頭的水之迷宮——嘆息之域。

除此之外，碧藍深淵還有諸如激流划船、瀑布穿梭、沙灘行軍、跳岩渡水等設施，能夠全方位鍛鍊士兵在水系戰場上的戰鬥力。魔界觀察團只體驗了一分鐘，便深深領悟到碧藍深淵的恐怖，全都忍不住發出慘叫。

「呀啊啊啊啊啊啊啊啊——！」

伴隨著充滿喜悅感的悲鳴聲，一道人影在半空中畫出了拋物線。

人影落入水池，濺起大量水花，數秒後，人影從池底浮了上來，發出愉快的大笑。

人影的名字是拿紮。

此時的她穿著布料稀少的紅色泳裝，並將波浪長髮綁了起來，以便在水中活動。不只拿紮，其他觀察團成員也都是同樣打扮。

「哈哈哈哈——！太爽了——！再來一次！」

拿紮走向絕望之階——也就是俗稱的滑水道——的入口。就在這時，不遠處的水面突然炸開，身穿紫色泳裝的艾帕庫一邊發出愉快的慘叫，一邊在空中翻轉好幾圈，最後重重掉入水裡。

穿著白色連身泳裝的銀枝伯爵躺在小船上，悠閒地曬著太陽。其餘觀察團成員有些在漩渦區裡游泳，有些比賽闖迷宮，有些在瀑布區玩球。

「長官，請問還有什麼需要的嗎？」

智骨坐在救生員專用觀望台上，對著從底下漂過的銀枝伯爵問道。

「呼姆……沒有……只是，爲什麼一定要穿成這樣才能訓練？」

銀枝伯爵拉了拉自己的泳衣，智骨立刻不假思索地回答：

「這是爲了讓士兵體驗因長期浸泡在水裡，導致體溫下降的異常狀態。」

「失溫嗎？我們樹妖族對那個免疫……那直接不穿不是更好？」

「據說也有人這樣做。不過濕衣服一旦吹風，會更快帶走體溫，所以這樣的訓練效果比較好。相反地，要是穿太多就會浮不起來，反而起不了訓練的效果。」

「呼姆……眞是深奧啊，人界的水戰訓練。人界軍的水戰能力想必相當強悍吧，從這些訓練設備就看得出來。」

若有人類在場，一定會用力否認銀枝伯爵的讚美之言。碧藍深淵的訓練設備跟戰鬥完全扯不上關係，只不過是變相的水上樂園而已。

「呼姆……好，我也試試其他設備吧。必須好好體會每種訓練的奧妙之處，這樣才能寫出客觀的報告。」

「您請自便，長官。」

就這樣，觀察團直到夕陽西下，才依依不捨地結束了今天的視察行程。

「不是已經提醒過你們了嗎！」

當天晚上，拿紮在房裡大發脾氣。隸屬撤軍派的觀察團成員們排成一列，低頭接受上司的斥責。

「都已經警告過你們，結果今天還是露出那種醜態，完全忘記自己的任務，你們究竟要無能到什麼地步？愚蠢也要有個限度！」

妳不也一樣忘記了嗎？撤軍派成員們暗暗腹誹。他們可是看得清楚，拿紮是玩得最瘋的那一個。

「還有那個叫智骨的傢伙！明明長得一點也不起眼，性格卻陰險到了極點！一直用隱晦的方式煽動我們，害我們忘記工作。」

拿紮想起來了，每當自己覺得不該再玩下去，那個名叫智骨的傢伙就會講出「各位長官，是不是該結束了？」、「各位長官，後面還有其他行程。」、「各位長官，這樣眞的沒問題嗎？」之類的話。乍聽之下似乎是在好心提醒他們，但其實是在刺激他們的逆反心理，讓他們主動不願離開陷阱。

畢竟就立場來說，觀察團一行人可是高於要塞駐軍，根本沒必要聽從一個小小上尉的話。不對，應該說要是聽從了，反而會讓他們變成笑話。

他們說什麼，被視察對象就做什麼，如果被視察對象反對他們的行動，就代表他們的行動觸及了被視察對象的弱點——一般來說，這樣的情況才是正理。然而智骨的做法卻推翻了常識，令他們產生了「要是再待下去，一定就能發現問題」的錯覺，進而控制住觀察團的行動。

「何等狡猾的手法……那個上尉，不是普通魔族。」

拿紮下意識咬起指甲，爲敵人的城府感到戰慄。

「拿紮大人，我打聽過了。那個叫智骨的上尉在這裡似乎很有名，據說是千年難得一見的天才不死生物。」

一名撤軍派成員開口說道，其他人也紛紛講出他們探聽到的情報。

迎賓館有許多衛兵與侍從兵，雖然他們被上級警告過別亂說話，但只要稍微用點心，還是能從他們口中挖出不少消息。

綜合大家收集到的情報，拿紮對智骨的優秀大吃一驚。

「雖然是不死生物，但因爲太過優秀，所以被挖角到超獸軍團，而且很快就獲得全軍的認同與擁戴……連那個黑暗主教都另眼相看……挺厲害的嘛，這傢伙。」

「拿紮大人，這不是一個好機會嗎？」

就在這時，一名撤軍派成員突然說道。

「好機會？」

「上面不是一直在尋找適合吸收的英才嗎？這個上尉的條件正好符合。」

拿紮低頭沉思。

蜘蛛大公一直在吸收地位不高但能力優秀的軍官，然後利用派閥的力量，將這些軍官推到更高的位子，藉此擴大自己對軍隊的影響力，然而計畫進行得並不順利，如果拿紮他們能夠找到這樣的英才，自然是大功一件。

「唔嗯……確實，不過最重要的是品格，要舉薦懂得回報我們的魔族，這樣才有意義……話說，不死生物不是無法違逆創造者嗎？創造智骨的魔族是誰？」

「好像是夏蘭朵。」

「巫、巫妖女王嗎——！」

拿絜不禁拉高了聲音。

夏蘭朵在魔界聯邦相當有名，某種意義上，她的存在就是一個派閥。

不死生物誕生的方式有兩種：自然誕生與人工創造。由於軍隊組織的特殊性，絕大部分投身軍職的不死生物都是源自於後者。強力的不死生物創造部下，再由部下創造新的部下，然後部下的部下繼續創造新的部下……不死軍團就是用這種方式如同滾雪球般不斷壯大，理論上只要首領不滅，戰鬥兵源便無窮無盡。

夏蘭朵在加入魔界聯邦前，曾用上述方式創造出屬於自己的亡者國度，因此才有巫妖女王的別名。

若夏蘭朵有那個意願，絕對可以憑著不死生物的忠誠特性在政治圈建立堅不可摧的地位吧，只是不知爲何，她一直安分地待在軍界，也沒跟任何政治派閥有所聯繫。

「這是個好機會啊，拿絜大人！如果能夠透過那個上尉跟巫妖女王建立關係，我們可就立大功了！」

撤軍派成員表現得相當激動，假設能將夏蘭朵拉入己方派閥，或是建立合作關係，他們的前途勢必一片光明。

「……沒那麼簡單，你們想得太遠了。總之先按照原來的方針，好好觀察那個上尉。還有，找碴的工作也不能忘記。」

相較於因妄想而興奮的其他人，拿紮顯得冷靜許多。她很清楚，像巫妖女王那種等級的強大魔族，絕不是他們這些低階貴族可以算計的存在。

「等著看吧！我已經看透那個上尉的手法，下次絕對不會再被操縱了！」

拿紮信心滿滿地說道。

💀💀💀

「那些混帳！他們以爲自己是誰啊！」

波魯多猛搥桌子，以堅固耐用著名的金剛木矮桌完美承受矮人的怒火，置於其上的酒瓶與酒杯毫無晃動。

「是能在這座要塞爲所欲爲的人。」

阿提莫拿起酒瓶，將琥珀色液體倒入酒杯，波魯多立刻端起來一口氣喝光，然後重重地把酒杯放回原處。他的意思很明顯：再來一杯。

「那些傢伙根本不是在調查，而是在搗亂！搞什麼東西啊！好不容易工程進度快趕上了，結果他們竟然到處亂抓人，工人都失去幹勁了！」

「說到這個，軍隊那邊也差不多啊。不斷提人審訊，被帶走的人也沒有回來，搞得士兵們心情浮躁。」

「他們到底想做什麼？再這樣下去，要塞士氣肯定降到谷底！對面若是打過來，我們全都會完蛋！」

「大概正是因爲覺得不會在這時候打過來，才會做得這麼肆無忌憚吧。」

「他們哪來的信心啊！難道我們在對面有間諜嗎？」

「不可能吧，就像我們這邊不會有對面的間諜一樣。」

派遣間諜不是一件容易的事，首先要有可以潛入敵對勢力的管道，再來是必須掌握敵對勢力包括社會、經濟、文化、語言、地理在內的各種基礎知識，間諜的個人能力反倒是最後才要考慮的問題。

人界與魔界至今從未有過戰爭以外的交流方式，因此完全沒有利用間諜的空間。然而魔界軍如今奪下了正義之怒要塞，很可能以此爲據點，慢慢地了解與滲透人界，話雖如此，那也是必須以年爲單位的長遠計畫。至少在人界軍內部，沒有人認爲魔界軍有辦法在近期內執行間諜作戰。

「說到士氣，我覺得你們矮人軍那邊好像下降得特別嚴重，這是怎麼回事？」

「哼，怎麼回事？當初聽到上面打算把拉蒙．炎金那白痴派過來時，我就料到會發生這種事了。」

「拉蒙．炎金怎麼了？我只知道他是火圖的大貴族……」

「他就是那個啦！明明什麼都不懂，只會仗著家世爲所欲爲，把事情搞砸之後就直接把問題甩給別人，自己什麼責任都不用揹的傢伙！」

波魯多喝了一大口酒，忿忿不平地揭露關於拉蒙．炎金這個矮人的種種糟糕事蹟。

「炎金」是火圖的名門望族，先祖在建國初期立下大功，因此受封高位，後來氏族裡又連續出了幾名優秀的人才，再加上巧妙的聯姻策略，最終躍升爲足以左右國策的大貴族。

然而俗話說盛極而衰，在那之後，炎金一族的子嗣開始耽溺於享樂，他們仗著父輩的力量佔據眾多官職，不斷胡作非爲，鬧出了什麼問題就利用權勢與財富找人頂罪。這群冠上了「炎金」姓氏的無能之輩裡，拉蒙・炎金是其中地位最高的矮人。

波魯多和這群矮人不同，完全憑著自己的才華與努力從底層一路爬上現在的位子。不過在那些只會仰賴長輩庇蔭的傢伙看來，波魯多只是運氣好。簡單地說，就是彼此都看不起對方。

「原來也有這種矮人啊……我還以爲矮人都很認眞樸實呢。」

「大部分都是這樣沒錯，不過權力這種東西就跟劇毒一樣，只要染上了就會慢慢被改變。如果從一出生就開始碰觸，只會長成扭曲醜惡的東西。」

「不，那個，我覺得問題應該是出在教育上……炎金一族對於小孩的教育是不是太過隨便了？」

「誰知道。別再提那個垃圾家族了，聽了就煩！還有別光說我，你那邊呢？」

「這個嘛……比想像中要好一點。如果派來的是其他王子派系的人，我大概會比你更慘吧。」

在神聖黎明的王位繼承問題上，吉姆・梵・哈默斯是有名的中立派。恐怕是因爲綁架事件可能牽涉到王位繼承權，所以特地派了與其他王子派系無關的人過來。

不過就算這樣，調查工作也不會因此放水，甚至可以說變得更嚴格了。吉姆・梵・哈默斯與拉蒙・炎金不一樣，能力非常優秀，只要讓他發現一點失誤，就可能被連帶挖出一堆問題。

就在這時，波魯多像是想到了什麼好笑的事。

「對了，聽說豪閃・烈風好像也被調查團逼得很頭痛哦。」

「嗯？他不是劍聖嗎？有人敢爲難他？」

「派系問題。光靠一個劍聖可支撐不了一個國家，那個浩瀚・潮光是文官體系的獸人。」

文官與武官之間的對立，不論哪個時代的哪個國家都會存在，而卡蘇曼在這方面尤其嚴重。

獸人是崇尚勇武的種族，然而光有力量無法經營組織，更別說是國家等級的龐然大物了。只有文官而沒有武官的國家，遲早會因爲失去自我防禦的力量而滅亡；只有武官而沒有文官的國家，很快就會因爲內部混亂而崩潰。文官與武官同樣重要——雖然這是連小孩子都知道的事，但獸人似乎不這麼認爲。

「文官都是一群失去了上進心與自信心、忘記了獸人的優點與傳統、認爲光靠空想就什麼事都辦得到、把舌頭看得比肌肉還重要的笨蛋。」

過去卡蘇曼的某位大人物酒後曾私下如此批評文官這個群體，更可怕的是，那位大人物正是第三代國王，由此可知文官在獸人的世界多麼受到輕視。

但再怎麼輕視，國家營運還是離不開文官，而文官們也因爲外界的壓迫變得更加團結。經過多年嘔心瀝血的努力，文官們總算獲得相當程度的話語權，成爲足以威脅武官地位的一股勢力。

卡蘇曼把文官派過來的原因很容易理解，豪閃・烈風是劍聖，在武官集團中享有極高的聲望，如果派武官過來調查，想必一下子就會倒戈過去吧。

「世界樹跟巴爾哈洛巴列哈斯那邊呢？他們派來的使者好像很正常。」

「是啊，很普通地在工作，令人羨慕。」

「哎，眞希望我們這邊的傢伙能跟他們學習一下。」

相較於其他國家，精靈之國與侏儒之國派出的調查使者安靜許多，他們沒有做出太過激烈的行動，只是單純的詢問與查找資料而已。

「話說回來，還以為你會跟他們翻臉。他們不是通緝了甜蜜拉拉？」

甜蜜拉拉是綁架事件的重要關係人，由於下落不明，調查團擅自以復仇之劍軍事委員會的名義發布了通緝令。明眼人都看得出來，有人打算把所有罪責統統推到甜蜜拉拉頭上。

「啊啊，在搞清楚是哪裡的白痴打算做蠢事之前，我不會行動的。一旦對方心生警惕，處理起來會比較費事。」

阿提莫臉色平靜地說道，然而語氣中卻充滿殺意。

看著與過去截然不同的朋友，波魯多不禁心生感嘆。那些打算玩弄權謀的傢伙這次可要倒楣了，他們肯定沒料到現在的阿提莫已經跟從前完全不一樣了。事實上，就連他也有點不敢相信，眼前這個一向只會吟詩作畫的紈褲王族，竟然眞的在短短時間裡就獲得復仇之劍人類駐軍半數的支持。這就是愛情引發的奇蹟嗎？世界瘋了嗎？還是說，阿提莫原本就具備王者的資質?波魯多完全搞不明白。

「這麼說來，湯姆·歐普的運氣可眞不錯。要是他還留在這，鬍子絕對會著火。」

「鬍子著火」是矮人的俗諺，意思是被人捉到把柄。

不久前，瘋馬酒館的店長湯姆·歐普因當眾襲擊女性表演者而被逮捕，後來經過調查，發現此人經常依仗權勢做出類似的事，只是過去一直做得很隱密。這次似乎是因爲服用了來路不明的興奮劑，一時控制不住自己，才會曝光。湯姆·歐普後來支付了大筆罰金給被害人，然後被驅逐出城。

若不是因爲出了這檔事，湯姆·歐普大概會繼續當他的店長，然後被調查團捉去審訊。從調查團的作風來看，到時不只會被挖出過去的劣跡，而且下場鐵定會更慘。

「波魯多，與其懷念那種髒東西，不如把心思用在如何應付眼前的狀況。」

阿提莫一臉厭惡地說道。得知湯姆·歐普的惡行時，他氣得差點想拔劍跑去宰了對方，因爲他懷疑那傢伙也曾想過對甜蜜拉拉下手，後來被波魯多勸阻了。

「嘛，也對。」

波魯多聳了聳肩，然後繼續爲自己倒酒。

今天的復仇之劍要塞，依舊風波不斷。

💀💀💀

陽光燦爛的下午時分，正義之怒要塞司令雷歐舉辦了一場小小的下午茶會。

茶會地點選在司令部的某間會議室，參與者則是四大軍團長。這是一場極爲隱密的聚會，不僅軍團長全體到場，而且也沒帶副官出席。

「已經第五天了吧？智骨上尉幹得不錯。」

坐在主位的雷歐露出滿意的笑容。

「觀察團完全沒有怨言，看來他們已經知道我們有多努力了。」

「一開始還有點擔心，畢竟這樣的視察行程並不正規，但結果似乎是好的。」

「可喜可賀。」

「哼哼，也不看看是誰提出的點子。那可是我的最高傑作哦。」

四大軍團長同樣欣慰，其中又以夏蘭朵表現得最爲驕傲。

能讓正義之怒要塞魔界駐軍最高管理層如此高興，自然是因爲觀察團的接待工作非常順利。其中負責接待的智骨功不可沒，身爲智骨創造者的夏蘭朵自然得意至極。

原本雷歐眾魔已經做好被對方找碴找到鮮血淋漓的心理準備，連推卸責任的說辭與犧牲品都準備好了，沒想到觀察團的表現出乎他們預料，絲毫沒有挑刺的舉動。一開始，他們還以爲對方是在醞釀些什麼，擔心了好一陣子，後來發現觀察團確實沉迷於各種特殊訓練設施的體驗，完全忘記找碴的事。

「說起來這也是理所當然的吧？那些東西確實很不錯。」

「特別是空戰訓練器——人界好像叫迴旋飛輪什麼的？那個可是我魔道軍團引以爲傲的傑作哦！三百六十度全方位迴旋、六段速率調節、急速升降裝置、超彈力伸縮纜繩，完全重現了眞實的空戰環境。」

「喂，不准小看空戰！說到空戰，沒有比身爲龍族的我更有發言權了！不過光論刺激程度，的確模仿得還不錯啦。」

「我還是覺得騎乘訓練最有意義，使用多種代步工具克服各種困難地形，這是只有人形才能做到的事。」

「妳只是懶得走路而已吧，夏蘭朵。」

眾魔得意地誇耀自己費盡心血打造的各種訓練設施。

「話說回來，能獲得好評眞是太好了，這段時間的辛苦總算沒有白費。」

雷歐發出混雜著喜悅與辛勞的嘆息。

一切的起因，在於智骨的提案。

「將觀察團的視察行程全部換成與人類補完計畫有關的內容！」——這就是智骨所提出的建議。

智骨的建議可謂大膽到了極點，畢竟誰都看得出來，萬魔殿的意願已經朝著名爲裁軍的方向傾斜，這種情況下，安排中規中矩的視察行程才是最保險的。

如果提出這個建議的是其他魔族——哪怕是身爲要塞司令官的雷歐或四大軍團長的任何一位——肯定會遭到否決，然而這次的提案者是智骨。

當初一口氣算計了正義之怒要塞最高管理層的那段過往，眾魔至今依然記憶猶新。

若是那個智骨提出的計策，就算表面看起來再怎麼荒謬，其中必定隱藏著什麼深意吧。

正義之怒要塞最高管理層決定壓注在智骨身上，四大軍團日夜趕工，除了修繕既有的保齡球館等設施，還另外新建了多種場館。要塞駐軍投入了大量金錢、勞力與時間，甚至為此用光了今年度的預算，所幸他們的努力看來沒有白費。

只要讓觀察團在找不到問題的狀況下回歸魔界，就算萬魔殿最後決議要裁軍，責任也不在要塞司令與四大軍團長身上。

「觀察團的預定停留時間還有多久？」

「只剩三天。接下來只要不出意外，這次就算過關了。」

「魔神在上，希望別出意外。」

「喂，別隨便呼喚混沌啊！」

四大魔神之一・混沌終末，其存在象徵著「意外」、「錯亂」、「幸運與厄運」、「不可預知的未來」，一旦說出不希望發生什麼事，混沌終末很可能會讓那件事發生，因此這樣的行為往往被稱為「呼喚混沌」。據說人界也有類似的情況，其名「烏鴉嘴」或「立旗」。

彷彿在呼應剛才的那番對話，會議室大門響起了敲擊聲。敲門的是雷歐的副官沙奈爾，他帶來了令眾魔咂舌的消息。

觀察團臨時決定更改行程！

💀💀💀

復仇之劍要塞指揮部總共有四間會議室，第一會議室空間最大，裝潢也最爲豪華，而且只有在軍事委員會開會時才開放使用，其他軍官若是有需求，只能借用另外三間較小的會議室。

之所以會有這樣的差別待遇，並非基於安全或保密之類的理由，而是爲了證明軍事委員會的地位之崇重。類似的事情無論在哪個國家或組織都會出現，效率與節約不是考量的重點，唯一的重點在於突顯階級差距。

然而這一天，第一會議室被軍事委員會以外的集團佔據了，且理由非常簡單——在名爲權力的金字塔裡，這個集團位置比軍事委員更高。

臨時聯合調查團——在日後的文件裡，這個團體被人如此稱呼。

爲了徹查不久前發生在復仇之劍要塞的兩起事件，人界諸國共同派出能幹的人手組成這支調查團。復仇之劍軍事委員身為被調查的對象，地位自然在調查團之下，因此當後者提出借用第一會議室的要求時，前者也只能點頭答應了。

「——那麼，諸位有找到什麼特別的東西嗎？」

會議開始後，坐在長桌首位的精靈男子率先開口。

他的名字是艾尼賽斯・月實，臨時聯合調查團的團長，身為十三級魔法師的他，力量冠絕復仇之劍要塞，就連軍事委員會的獸人劍聖豪閃・烈風也贏不了他。正因為此人的存在，才能熄滅一些陰暗之輩的卑鄙心思，令調查工作得以順利執行。

長桌左右兩側分別坐著矮人、獸人、人類與侏儒各一人，他們都是這支調查團的副團長，負責調查自己種族的情況，今天這場會議的主要目的，就是匯整各方情報。

「我認為復仇之劍軍事委員會涉嫌瀆職！事情跟他們交上來的報告書完全不一樣，他們在說謊！」

矮人拉蒙・炎金大聲說道。其他人紛紛皺眉，但不是因為他的言詞，而是態度。

矮人這個種族似乎有將粗魯視為禮儀的傾向，就算是貴族階級，講話時也不太講究措辭與音量，但大部分矮人至少還懂得看場合說話。拉蒙・炎金會有這種表現，只能說是本身的個性問題了。

「我附議炎金閣下的說法。不管是襲擊事件還是綁架事件，要塞裡都流傳著跟報告書不同的說法，而且也都有一定的說服力。」

獸人浩瀚．潮光接著說道。跟拉蒙．炎金相比，他的言行高雅許多，一點也不像是被人私下蔑稱爲「蠻族」、「雙足野獸」的獸人。

「我這邊收集到的情報也是差不多，看來復仇之劍要塞軍事委員會的確不夠誠實，他們的報告書充滿疑點。」

人類吉姆．梵．哈默斯同樣點頭附和。侏儒亞沙沉默以對，不知道在想些什麼。

「……我先確認一下你們口中的疑點。關於襲擊事件，是指『敵人被來路不明的修行者引開』；關於綁架事件，則是『甜蜜拉拉的行蹤』，對吧。」

艾尼賽斯一邊翻動文件一邊說道，其他人全部點了點頭。

襲擊事件中，攻擊第一防線的敵人中途突然改變目標，跑去追擊四個自稱是修行者的可疑男性。由於有眾多目擊者，所以不可能是假的。

「竟然僅憑四個人就能引走那些怪物，不覺得很可疑嗎？而且那四人事後就消失了，怪物也不見蹤影。」

「那四人究竟是什麼來歷？從目擊者口供來判斷，他們的實力至少有輝金級。像這樣的高手，應該很容易查出來。」

「他們不是自稱修行者嗎？說不定眞的是隱世的強者哦。」

「別開玩笑了。既年輕又實力強大，這樣的傢伙會甘心沒沒無名？現實世界可不是童話故事。」

輝金級強者無論走到哪裡都會受到追捧，若再加上年輕這個標籤，那就更炙手可熱了，因爲他們還有進步的空間。年輕人總是有著旺盛的表現欲與自信心，只要被人奉承或煽動，很容易衝動行事，哪怕性格一向冷淡的精靈也不例外，因此很難想像這世上會有「隱世的年輕強者」這樣的人物。

「這可不一定，世界是很大的，偶爾冒出幾個這樣的人也不是不可能。重點還是那些怪物，我認爲牠們不是魔界軍，而是災獸。」

拉蒙突然提出的論點令眾人爲之一愣。

「……爲什麼你會這麼想？」

艾尼賽斯皺眉問道。拉蒙拍了拍手中的文件，一臉得意地回答：

「根據目擊者的口供，怪物們沒有穿戴裝備，而且戰鬥時也不會互相配合與掩護，那不是魔界軍的作戰風格，只有災獸才會這麼幹。」

然而，其他人卻不贊同他的論點。

「那個說法是從星葉家次女那裡傳出來的吧？可是並不是所有魔界軍都有裝備。」

「沒錯，體型太過巨大或是沒有固定外形的魔族，通常不會穿上裝備，那些怪物也可能因爲某種原因沒有裝備。」

「戰鬥方式也不能作爲判斷依據。對方或許是在試驗新戰術，或是基於什麼我們不知道的原因，不能因爲這樣就斷定牠們不是魔界軍。」

「可是也不能斷定牠們一定就是魔界軍吧！而且你們那是什麼理由？『因爲某種原因沒有裝備』、『因爲某種原因改變了戰鬥方式』，『某種原因』是什麼玩意兒？根本就是只圖自己方便的藉口！好啊，那我也可以用同樣的理由——那些怪物是災獸，只是因爲『某種原因』才會出現在這裡！」

拉蒙氣憤地大聲反駁。他的說詞雖有詭辯之嫌，但也不能說完全沒有道理。只是眾人還是不怎麼認同，原因在於他的立場。

當初正義之怒要塞被攻陷時，矮人軍團的將領正是炎金派系的成員，事後由於表現太過糟糕而被懲處，炎金一族也遭受責難。正因如此，這次派駐復仇之劍要塞的矮人將領都與炎金一族沒有關係。

如果怪物的身分是魔界軍，就等於變相承認了「復仇之劍要塞成功擊退敵人」這件事，守軍也將獲得功績，這樣一來會更加突顯炎金派系的過失。反過來說，若怪物的身分是災獸，那事情就會變成「復仇之劍要塞沒有事先把前線的不安因素清掃乾淨」，有過無功。

在場眾人很清楚拉蒙・炎金在打什麼主意，所以不太想理他，但要是讓他一直這麼鬧下去也很麻煩。

「那你想怎麼樣？『敵人是災獸』的證據太過薄弱，我們不可能承認這個論點。」

艾尼賽斯無奈地問道，拉蒙大聲反駁。

「證據薄弱是因爲你們沒有認眞找證據！我提議去事發現場調查！只要認眞敲打，平凡的石頭也可以挖出寶石！去可能有問題的地方，把可能有問題的東西找出來，這不就是我們的任務嗎？」

「……你認眞的嗎？」

「當然！」

眾人面面相覷，心想這傢伙還眞會找麻煩。可能的話實在不想去，但又找不到適合理由反駁。

「……知道了，我會安排前往第一防線調查之事。」

最後艾尼賽斯退讓了。雖然居心不良，但拉蒙的要求仍屬於他們的職責範圍，無法隨便否決。大家無視鬍子得意到幾乎快要翹起來的矮人，繼續討論下一案件。

「接下來是阿提莫・梵・薩米卡隆的綁架案件……線索看似很多，可仔細調查後，會發現全都斷掉了。」

「犯人應該就是『赤色暴熊』。他們雖然是傭兵，可是從來沒有正經工作過，不是跟店家收保護費，就是恐嚇取財，行徑跟路邊混混沒兩樣，後來這群人突然消失了。他們消失的時間點剛好與綁架事件發生的時間點重合……看來是被滅口了。」

「那場爆炸把所有參與者都葬送掉了，唯一的例外就是那個名叫甜蜜拉拉的少女。

對方事後也失蹤了，沒人知道她的去向。」

眾人彼此確認手邊的情報，最後得到了一個共同結論——想要繼續調查，就非得找出甜蜜拉拉不可。

「那個少女究竟是什麼來歷？強化系、幻象系、攻擊系……會用的魔法估計至少十五種，她眞的只有十六歲嗎？」

魔法不是看看書或聽聽教導就能學會的。魔法是以魔力駕御元素的技術，每個人的魔力特性與領悟力不一樣，所以學習速度自然會出現落差，有人甚至爲了學習新魔法而花上一年的時間，更別說學會之後還要鑽研使用方式，提升該魔法的熟練程度。

十六歲就能熟用十五種魔法，這樣的人毫無疑問是天才中的天才，前途無可限量。

「應該是謊報吧。我猜她用魔法改變了外表，擔心眞面目曝光，才會在事後立刻逃跑。說不定她其實也不是人類，而是精靈或矮人。」

「這樣的傢伙幹嘛跑去參加偶像選拔？」

「打發時間或心血來潮之類的吧。」

「眞可惜，若眞的只有十六歲，那可是人類的瑰寶啊。說不定未來有望成爲十五級魔法師呢。」

「如果甜蜜拉拉不只幻象系，連變化系魔法也會用，短期內想逮住她是不可能的。這個案件只能擱置了。」

「看來是這樣沒錯。」

眾人不約而同地看向吉姆．梵．哈默斯，用目光詢問他的意見。

軍事委員阿提莫的綁架事件很可能涉及神聖黎明的王位鬥爭，眾人實在沒興趣被牽扯進去，就算查清楚眞相也沒好處，反而可能遭到怨恨，爲自己樹立意料之外的敵人。反正干涉他國內政這種事有專門的部門負責，他們只要確定自己國家的軍事委員沒有被綁架的疑慮就夠了。

「……對於各位的謹慎，我謹代表神聖黎明致上最誠摯的感謝。線索不足也是沒辦法的事，我同意擱置這個案件。」

吉姆的回答令眾人深感滿意，於是綁架事件就這樣被他們拋到了記憶的角落。

招募宣傳

水上戰技訓練
空戰訓練
騎乘訓練
噗嚕嚕嚕嚕
※好孩子絕對不可以模仿！
這不是廣告
人類補完計畫・戰鬥訓練營！等你來報名！

03.

一切都在掌握中……大概

「智骨，我們是朋友吧？」

一個陽光明媚的下午，克勞德用誠摯的聲音問道。

原本走在前面的智骨回頭看著突然提出奇怪問題的同僚，面對克勞德那雙蘊含深切期盼的翠綠色眼眸，智骨思考了一下，然後點了點頭。

「……嗯，我們是朋友。」

「等等，前面那個長達六秒鐘的停頓是怎麼回事？這時候你不是應該露出爽朗的笑容，毫不猶豫地回答『是』嗎？」

「是朋友的話，就不要提出那種困難的要求。」

「很困難嗎？有那麼困難嗎！承認我們是朋友這件事，難度眞的有這麼高嗎——！」

「是。」

「『毫不猶豫地回答』不需要用在這種時候！」

這時一隻手掌搭上了激動的克勞德的肩膀。手掌的主人是一名白髮紅眼、外表充滿病弱感的美青年。

「夠了，不要爲難智骨啡。即使是我，偶爾也會對『承認你是朋友』這件事感到猶豫。」

「有什麼好猶豫的！我什麼時候做過讓你恥於承認是朋友的事情了？」

「大概是在你半夜不睡覺，一邊裸奔一邊唱歌的時候啡。」

智骨訝異地看著克勞德，沒想到牛頭人同僚有這樣的癖好。

「那是我老家的傳統！你當時明明也玩得很開心啊！」

智骨轉頭看向菲利。**沒想到這傢伙也幹過這種事。**

「不，那個……當時只是不想破壞氣氛，所以勉強配合你。老實說，那個眞的滿糟糕的。」

智骨猛然轉頭看向後方的金風。**竟然連你也有份嗎！**

智骨試想了下那幅畫面，牛頭人、夢魘與多尾狐一起裸奔唱歌……嗯？感覺似乎也還好？身爲獸形魔族的夢魘與多尾狐本就不用穿衣服，在那種情況下，唯有赤裸的牛頭人才會顯得突兀。

「該怎麼說呢，因爲第一次變成人形，有點興奮過頭了，所以才會答應陪你做那種蠢事啡。」

「雖然當時有奇妙的解放感，但事後總覺得好像失去了什麼重要的東西。」

從菲利與金風的說辭來推斷，他們是在人類補完計畫推動後才做這種事的。三個大男人在深夜裸奔唱歌……智骨再次試著想像那幅畫面，不知爲何心中湧現了殺意。

「我知道了，以後再也不會邀請你們參加我老家的傳統活動了，眞是好心沒好報……不過現在不是討論那種事的時候，我說智骨，既然你都承認我們是朋友了，幹嘛還要拖我們下水！」

「什麼？」

智骨疑惑地看著克勞德，後者激動地揮舞雙手。

「別裝傻！那個叫什麼現場重建的，有必要連我們一起找來嗎？明明你自己一個就夠了！」

「啊，原來你是這個意思嗎？對，克勞德說的沒錯啡！既然是朋友，爲什麼要拖我們下水？祭品這種東西，一個就已經太多了啡！」

「沒錯，犧牲你一個總比犧牲我們四個要好！身爲天才不死生物，連這麼簡單的算數都不會嗎？你的腦袋是空的嗎？雖然的確是空的沒錯啦！」

菲利與金風立刻附和克勞德，大聲傾訴與友情一詞完全無關的糟糕發言。

「吵死了！如果換成你們，會自己一個人過來嗎？」

「「「當然不可能啊（呢）（啡）！」」」

克勞德、金風與菲利理直氣壯地回答，完全不覺得自己的言行充滿矛盾，於是智骨決定不再理會他們。

智骨等人此時所在位置並非正義之怒要塞，而是人界軍邊境線後方的樹林——換句話說，他們潛入了敵軍勢力範圍。

他們之所以會出現在這裡，並非出於自身意願，而是上級的命令。

昨晚，觀察團團長銀枝伯爵突然要求與要塞司令雷歐見面，並且提出意外的要求。

「根據資料，你們曾經進行過代號為『開拓』的實驗吧？我們想要知道第一次實驗的詳情，麻煩你們重建現場，模擬一下當時的情況。」

所謂重建現場，指的是當某個事件發生後，為了調查與檢討事件發生的原因或結果所進行的模擬工作。

代號「開拓」的人類補完計畫實驗一共有兩次，第一次嘗試與人類接觸，第二次則潛入敵陣刺探情報。由於各種客觀層面的難題，觀察團只要求重建第一次實驗的經過。

重建現場的方式並不複雜，只要智骨沿著當時的路線重新走一遍就可以了，也不需眞的再次闖入人界軍的第一防線，於是智骨建議集結當時的小隊成員，理由是「越接近當時的狀況，模擬的效果越好」，觀察團欣然同意。

就這樣，克勞德、金風與菲利被迫加入觀察團的接待任務，因此才有現下這一幕。

此時智骨一行人就跟先前一樣，換上了人類的裝備，越過邊境線潛入敵陣。不知是因爲足夠小心還是魔神保佑，一路上十分平靜。克勞德等人一開始還很謹言愼行，等到後來慢慢放鬆了戒心，便開始抱怨智骨不該把無辜的他們給捲進來，要是出了什麼意外，給觀察團留下不好的印象，導致上面決定裁軍的話，他們的下場肯定會很慘。

智骨表面上默不作聲，心中則是冷笑以對。要倒楣就大家一起倒楣，沒道理只有他一個揹黑鍋，想在舞台下面事不關己地看戲？想得美！

「——不對，等等，智骨，既然是重建現場，觀察團那票自以爲了不起的傢伙爲什麼沒來？」

就在這時，克勞德像是想起什麼似地突然停止抱怨，並且臉色嚴肅地提出問題。

如果觀測者不在場，重建現場這件事根本沒有意義。哪怕只來一位也好，觀察團無論如何都應該跟在他們後面進行觀察才對。

「說的對啡！我沒發現任何跡象。」

「我也沒聞到觀察團的味道！」

經克勞德這麼一提，菲利與金風也跟著慌張起來。菲利的聽覺與視覺極爲敏銳，金風的嗅覺能夠辨別出五十公里內的各種氣味，兩人都是比起坐在辦公室處理文書，不如扔到前線更能派上用場的角色。遺憾的是，他們除了優異的個人特技，還擁有強壯的體魄，因此才會被選爲黑穹的副官——單從傷亡機率看，跟在黑穹身邊遠高於踏上戰場。

智骨搖手示意他們不用緊張，然後從口袋裡掏出一個魔法道具。

「觀察團沒來，用的是百魔之眼。」

「事後確認影像記錄嗎？也對，他們應該沒這麼閒。」

克勞德等人鬆了一口氣。想想這也是當然的，重建現場的行程起碼得花上三天，觀察團怎麼可能把寶貴的時間浪費在他們身上。

「那——智骨，你懂吧？」

「啊啊，當然，不該記錄的不會記錄。畢竟我魔力有限嘛。」

眾人相視一笑，現場登時充滿歡快的氣氛。

正義之怒要塞司令部的會議室裡，聚集了諸多大人物。

以司令官雷歐爲首的軍隊最高幹部群，以及銀枝伯爵爲首的觀察團，此時正全員坐在會議室的椅子上，然而兩邊散發出的氛圍卻截然相反。雷歐一方的成員個個神色凝重，觀察團一方的成員則是滿臉歡快。

之所以會出現這種情況，理由在於會議室前方的巨大光屏。

「——啊啊，當然，不該記錄的不會記錄。畢竟我魔力有限嘛。」

光屏不僅映出智骨等人的身影，甚至連對話也忠實傳了過來。

當這句話響起時，觀察團一邊點頭，一邊發出意味深長的聲音。

「原來如此，不該記錄的不會記錄啊——？」

「哎呀哎呀，那什麼應該記錄，什麼又不該記錄呢？」

「魔力有限是嗎？眞是個好藉口，爲我上了一課呢。」

室內紛紛響起諷刺的感嘆，這些聲音理所當然地來自於觀察團的撤軍派陣營，駐軍派則是緘口不語。

至於雷歐等人——則是表面上保持沉默，私底下拚命用眼神進行交流。

喂！爲什麼智骨他們的行動會被即時放映？魔界什麼時候開發出了這麼厲害的魔法道具，桑迪？

別說傻話，我的司令官大人。那種東西就算眞的開發出來，體積也會跟巨人的屁股一樣大，根本不可能跟在智骨他們後面。這是魔法，而且是相當罕見的祕術。

這麼說來，我好像聽說樹妖有種獨門的情報系魔法，似乎是以葉片爲媒介，瞬間將情報傳送到遠方，不過只有少數樹妖會用……還以爲是傳說，沒想到眞的有啊……挺厲害的嘛，這個。

夏蘭朵！現在不是佩服的時候！既然知道原因，就快點想想辦法！再這樣下去，事情就要被智骨那些白痴搞砸了！

黑穹，請冷靜。妳抓的不是扶手，是我的手，而且已經裂開了。雖然是備用的身體，修起來也很貴，晚點我會寄賠償申請單給妳。

雷歐、桑迪、夏蘭朵、黑穹與無心透過閃爍的眼神與細微的肢體動作，暗中進行內容豐富且複雜的心靈交流。平時表現得極度自我中心，彷彿將「我行我素」、「旁若無人」、「任性妄爲」等字眼視爲座右銘的軍隊高層，竟在這時奇蹟般地心意相通了。

這一切都要從昨天早上開始說起。

「我們對之前以『開拓』爲代號的實驗行動有疑問，麻煩你們重建現場，我們想重新看一遍流程。」

那天早上，銀枝伯爵突然代表觀察團提出了上述要求。

司令部幕僚們根據常理判斷，認爲觀察團不可能全員跟著智骨等人一起行動，最多只會派一、兩人跟著，或者是乾脆用魔法道具監控。無論哪一種，他們都有做手腳的空間，因此也就欣然同意。

誰也沒想到，銀枝伯爵竟然懂得樹妖一族祕傳的情報系魔法，而且不惜將它用在這種地方。當雷歐司令與四大軍團長被叫來會議室，並且看見投影光屏上的即時畫面時，全都當場愣住了。

被耍了啊……故意等智骨他們遠離要塞才發動魔法，就是爲了讓我們來不及補救。

喂，黑殼蟲！能不能提醒智骨他們？用你擅長的魔法想想辦法啊！

辦不到，魔法不是萬能的。與其指望我，不如問問夏蘭朵。不死生物的創造者與被創造者之間存在著某種感應，她應該有辦法跟智骨交流訊息。

不行，那個通訊機制被我拿掉了。你們以爲我有多少直屬部下？要是每個都扔訊息過來，我要怎麼睡覺？

黑穹，請冷靜。就說那不是扶手，是我的手了。現在它已經碎了，賠償金額會多一位數。

正義之怒要塞駐軍最高幹部們埋頭苦思，企圖找出挽救現況的方法。他們的煩惱神情，令撤軍派陣營深感愉快。

「拿紮大人，眞是漂亮的計策。這樣一來，這些傢伙肯定完蛋了。」

「不愧是拿紮大人，竟然能想出這麼巧妙的計策。這就是所謂的神機妙算啊！」

「不管那個骷髏上尉有多狡猾，最後還是逃不出子爵大人您的算計。」

撤軍派成員低聲對拿紮送上無數溢美之詞，拿紮則是帶著矜持的微笑盡數收下，因爲她自己也對這個計策非常滿意。

爲了說服銀枝伯爵，她可是費了不少心思與口舌，甚至裝出企圖背棄自身所屬派閥的模樣，現在看來一切都是值得的。智骨等人暴露出來的不當言行，正是攻訐要塞駐軍的最好材料，只要把這些帶回魔界，就能順利完成派閥交代的任務。她的地位也會跟著提高。

「——說話回來，智骨，觀察團那些魔族究竟是什麼樣的傢伙？你跟在他們身邊好幾天了，應該有點想法吧？」

正當拿紮在心中描繪名爲未來的藍圖時，一道聲音吸引了她的注意力。拿紮立刻抬頭看向光屏，提問者是一名紅髮青年，拿紮不記得他的名字，但這並不妨礙她爲此人的助攻送上喝彩。相對地，黑穹等人則是一臉緊張，爲克勞德的多嘴惱怒不已。

在場眾魔很清楚，一旦智骨說出帶有羞辱或貶低之意的評語，要塞駐軍的處境就會變得很不妙！

「什麼樣的傢伙啊？這個嘛……」

智骨沒有立刻回答，而是仰頭思考。會議室眾魔全都緊盯著光屏，若視線有熱量，光屏恐怕已經燒焦了吧。

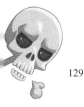

「是一群對吃飯非常挑剔的傢伙。」

會議室眾魔聞言不禁一愣，克勞德等人似乎也沒料到會獲得這樣的答案，同樣露出呆滯的神情。只見智骨雙手抱胸，一邊回憶，一邊解釋。

「我們不是派了專用的伙房兵過去嗎？一開始還好，伙房兵做什麼他們就吃什麼，後來意見越來越多，要求也越來越離譜。什麼魔神祝福過的露水、只有人界才吃得到的蜘蛛、有水果味道的瘴氣、冰凍爆烈蛆蟲、火焰龜殼菇、邪華七色水草……我他媽的去哪裡生出這些食材？我們的伙房兵怎麼可能做得出那些東西？給我統統去吃肉啊混帳！那些傢伙以為這裡是哪裡？這裡是他媽的前線！前線！」

智骨越說越大聲，到最後幾乎是用吼的在講話。不死生物一向不易有情緒起伏，能讓智骨如此激動，可見觀察團的伙食問題有多難搞。

魔界聯邦是多種族國家，國民的飲食習慣自然也千奇百怪，魔界軍之所以用種族當作軍團編制的標準，其中一個理由就是伙食問題容易處理。將不吃肉的種族與只吃肉的種族放在同一個封閉環境，這種做法肯定會出事。

目前駐紮於正義之怒要塞的四大軍團中，只有超獸軍團與魔道軍團須要吃飯，因此伙房兵也只能從這兩個軍團中抽調。既然是超獸軍團的伙房兵，自然只會做超獸軍團士官兵會吃的料理，魔道軍團的伙房兵也是如此。

要塞司令部倒是擁有能夠處理各種食材、廚藝高超的伙房兵，遺憾的是，這樣的高手只有兩位，而且光是爲了應付司令部的吃飯問題就已經忙得不可開交。要是隨便抽調，司令部很可能會因此崩潰。

觀察團眾魔面面相覷，有些成員甚至露出羞愧的表情。拿桀的臉色不太好看，智骨的確說了觀察團的壞話，但他抱怨的理由非常充分，要是把這些證言拿上萬魔殿，被指責的只會是他們。

相對地，軍隊幹部們則是面帶微笑，在心中大喊智骨幹得好。在這種情況下都能不留把柄地抱怨，不愧是天才不死生物！

然而他們的喜悅並沒有持續多久，因爲智骨接著開始大罵以雷歐司令官爲首的高層們腦子有病，竟然讓他一個小小上尉負責這麼重要的事，克勞德等人聞言則是拍手叫好。這下觀察團的心情頓時愉快起來，軍隊幹部們則是失去了表情。

會議室的氛圍流向就這樣隨著光屏的投映影像不斷變來變去，至於造成這一切的智骨自然不可能知道這件事，仍然在遠方繼續他那激情四射的演講……

💀💀💀

就在正義之怒要塞高層們爲了某位天才不死生物的言行而騷動之際，復仇之劍要塞的第一防線也因某些不請自來的客人，被迫迎接了一場混亂。

爲了掩護復仇之劍要塞的建設，人界軍特地建立了兩條防線，其中負責第一防線的將軍名爲卡坦・熾刃，就像爐邊故事裡描述的矮人一樣，卡坦・熾刃個性率直頑固，對於不認同的傢伙完全不會假以辭色。站在軍隊的角度，這樣的人物自然多多益善，但對於外人——尤其是喜歡玩弄權謀、擅長虛情假意的政客——而言，卡坦・熾刃是難以打交道的對象。

由於拉蒙・炎金的要求，調查團決定前往第一防線調查襲擊事件的疑點。然而在觀察團抵達第一防線後不久，雙方便爆發了衝突。

至於衝突的主角，自然是卡坦・熾刃與拉蒙・炎金這兩位矮人。

卡坦・熾刃並非炎金一族所扶持的將領，因此拉蒙・炎金對他非常不客氣，當眾指責對方虛構軍情。拉蒙・炎金言辭尖酸刻薄，完全打翻了人們對於「矮人＝認眞樸實」的刻板印象。卡坦・熾刃自然不可能乖乖受辱，當場用力諷刺了對方一番。兩人差點打起來，最後是調查團團長艾尼賽斯・月實出手制止了雙方。

這場衝突不到一天就傳遍軍營，第一防線的士氣因此大受打擊，士兵們對於調查團的詢問也變得十分消極，嚴重影響調查工作。

「我開始懷疑那傢伙是魔界軍派來的間諜了。」

阿提莫一臉無奈地說道，至於他口中的「那傢伙」，指的當然是拉蒙・炎金。

「間諜這種高難度的職業，那傢伙才幹不來哩。他只是單純的白痴而已。」

坐在對面的波魯多立刻哼了一聲，直接給出更加嚴苛的評價。

兩人目前所在位置正是第一防線的迎賓館。除了調查團，阿提莫與波魯多也跟著來了。這並非出於兩人本意，但軍事委員會一致認爲「要是沒有人在旁邊牽制，或許會惹出大麻煩」，於是採用抽籤的方式決定誰要跟去，而阿提莫與波魯多不幸中獎。

「我覺得那個籤筒一定有問題，他們肯定做了手腳！」

「算啦算啦。」

阿提莫帶著苦笑安撫友人，雖然他也覺得他們應該是被其他軍事委員暗算了，但沒能當場看出問題，事後再抱怨也是徒然。

「話說回來，波魯多，眞的沒辦法勸勸拉蒙·炎金嗎？我覺得他再這樣搞下去，軍營遲早會暴動。」

「啊啊，昨天那個嗎？」

波魯多立刻露出牙痛般的表情。

拉蒙·炎金因爲第一防線士官兵的消極態度感到生氣，於是採取極度高壓的調查方法。他命令手下肆意逮捕與監禁士兵，然後恐嚇、脅迫，甚至是拷問他們。昨天這件事被傳出來，那些被捕士兵的戰友們自發性地聚集，要求調查團還他們一個公道。雖然很快就被鎮壓，但軍營氣氛明顯變得緊張，士兵們投向調查團的視線染上了明顯的厭惡。

「波魯多，這裡可是『發生什麼事都不意外』的前線哦，要是他們對我們起了殺心，你覺得我們還能活著離開嗎？」

「不至於吧！」

波魯多聞言嚇了一跳。

「我們這邊可是有艾尼賽斯・月實，誰殺得了他？而且他們就算叛變，又有哪個勢力敢保他們？魔界軍嗎？不可能！」

「他們只要幹掉艾尼賽斯・月實以外的所有人，事後再栽贓給魔界軍就好了。要是我的話就會這麼做。」

「……你怎麼會想出這麼惡毒的計謀？以前那個善良可愛的阿提莫去哪裡了？把那個雖然外表光鮮亮麗但內在跟廢物沒兩樣的阿提莫還給我！」

「原來你以前都是這麼看我的嗎——！」

「廢話！難道你眞以爲你以前是什麼英明神武的角色？」

或許是爲了忘掉先前的恐怖想像，兩人開始聊起沒營養的閒話，然而過沒多久，波魯多又忍不住抱怨起來，不過這次針對的目標換成了坐鎭後方的那些大人物們。

「火炬大廳那些傢伙究竟是怎麼想的？難道就沒想過派拉蒙・炎金過來會發生什麼事嗎？削弱前線士氣對他們有什麼好處？一群蠢蛋！」

火炬大廳是矮人國度・火圖的最高決策機構，在波魯多的認知之中，火炬大廳雖然腐朽，但至少還具備最基本的判斷力，應該知道必須慎重對待前線事務才對。

阿提莫聽了立刻搖頭。

「不，這可難說哦，這次魔界大遠征本就不是深思熟慮的產物，所以後面會發生什麼都不奇怪。」

「啥？什麼意思？」

「這純粹是我個人的推斷，畢竟過去我沒有接觸軍務，只是最近跟一些將領談過後，才發現軍方內部很多人不看好這次遠征，只是因爲上面的命令，所以不得不做。」

「不看好？爲什麼？」

「……看看我軍現在的情況不就知道了？」

波魯多頓時無言。

人界軍闖入魔界時，一開始很順利地攻佔了魔界軍駐守次元門的前線基地，但當魔界軍發動反攻後，人界軍立刻節節敗退，最後甚至連正義之怒要塞都丟了。

「你們火圖的情況我不知道，但在神聖黎明，其實是因爲有人企圖戴上王冠，所以才會大力支持遠征。」

兩年前，神聖黎明的第一王子不幸逝世，國王也因爲重病而無法理事，擁有繼承權的王族、野心家與陰謀家聯手，共同上演了一碼名爲王位爭奪的醜惡戲劇，至今仍未落幕。

神聖黎明之所以支持發動第二次兩界大戰，就是那些人從中推動的，目的是爲了用遠征的功勳強化自身派系的話語權。相較於那些被欲望沖昏腦袋的野心家們，軍方倒是保持著清醒，他們很清楚進攻魔界有多麼困難，哪怕一時佔據上風，最後還是會陷入苦戰的泥沼。然而不管軍方再怎麼反對，那些王族與大貴族仍無動於衷，因爲他們的目標正是那個「一時的佔據上風」。

「只要一開始做出成績就好，因爲遠征軍是聯合軍隊，後面就算戰況失利，也可以操縱輿論，把責任推到其他國家頭上。他們認爲局勢再糟，最多也只是退回到正義之怒要塞。只是沒想到……」

「沒想到正義之怒要塞早就變得跟起司一樣到處是洞，眞是白痴！」

波魯多忿忿不平地接話，然後搥了一下桌子。

「聽你這麼一說，我們那邊的情況很可疑。上面一直宣揚魔界有大量珍貴資源，只要拿到那些，從貴族到平民都會發大財！我就覺得奇怪，我們什麼時候在魔界建立情報管道了，竟然可以知道魔界的資源狀況！」

「原來如此，神聖黎明是爲了王位，火圖則是財富嗎？不知道其他國家的遠征理由又是什麼……」

「不管是什麼，打輸了就什麼都沒了。」

「……說的也是。」

波魯多的結論雖然粗暴，但直指本質，阿提莫只能露出苦笑。

就在這時，房間門突然被敲響了。敲門者是阿提莫的部下，只見他走到阿提莫旁邊輕聲低語，阿提莫的眉頭隨即皺成一團。

「怎麼了？」

「拉蒙・炎金提議前往事發地點調查……也就是要我們進去森林裡面。」

「呿，眞是白痴。」

波魯多聽到之後差點忍不住往地上吐口水。這裡可是前線中的前線，離開陣地調查？那跟把手伸進火爐裡有什麼兩樣？腦袋正常的人都不可能同意。

「艾尼賽斯・月實同意了。」

波魯多瞪大眼睛，一時說不出話來。

💀💀💀

「說起來，你們喜歡什麼樣的女生？」

金風問出這句話的時候，智骨正在熬煮晚餐要喝的湯，克勞德正在調整琴弦，菲利正在玩單人撲克牌接龍，他們三人同時放下手中正在做的事，望向雙眼因求知欲而閃閃發光的多尾狐同僚。

「你腦子壞了？」

「發情期又到了？」

「小心我告你性騷擾唷。」

智骨三人毫不猶豫地回以鋒利話語，金風搖了搖手。

「哎，沒有啦，因爲很閒，想說要不要試著來場男人間的對話。」

「男人間的對話跟喜歡的女生有什麼關係？」

「而且我們是男『魔』，不是男『人』。」

「別以爲每個魔族都跟你一樣沒節操啡。」

「你們誤會了，這可是跟人類補完計畫有關的重要訓練。」

面對同僚們不解的眼神，金風一臉嚴肅地進行解釋。

「上次潛入敵軍要塞時，我發現人界男性很喜歡談論有關女性的話題，而且不只有一、兩個哦，是幾乎每個男性都這樣。」

「……所以啡？」

「我覺得我們應該事先練習，以後要是再被強塞類似的間諜任務，可以僞裝得更加完美。」

「別亂說話啡！那種垃圾任務，我可不想再來一遍啡！」

「我當然也不想啊，可是這世上有很多事不是你想不幹就可以不幹的。你們也知道，我們上面都是些什麼樣的貨色。」

此話一出，三人立刻一副深有同感的表情。無論什麼樣的組織或體制，一旦成爲其中一分子，便必須放棄某種程度的自由。若在軍隊這種封閉環境，情況只會更加嚴重。

「……有道理。或許練習一下會比較好。」

「喂喂，你不會真的相信金風的鬼話吧，智骨？」

克勞德一臉嫌棄地看著金風。

「我覺得這傢伙只是太無聊了，想拿我們打發時間而已。再說就算要練習，我們也不知道該怎麼做。」

「放心，我可以教你們。」

金風信心十足地說道。這下不只克勞德，智骨跟菲利也露出懷疑的眼神。

「別小看我。我在上次的任務中可是學到很多。其他我不敢講，但在交際手腕這方面，你們肯定不如我。」

「是嗎？我覺得智骨應該比你強啡。畢竟人類補完計畫可是他提出來的啡。」

「欸欸，話不能這麼說，觸手不一定越老越粗。」

金風說的乃是魔界諺語，意義類似於人界的「後來居上」、「舊不如新」、「青出於藍」。智骨聽了不但沒有生氣，反而還點了點頭。

「說的也是。其實對於『跟人類交涉』這件事，我一直沒什麼信心。金風原本就擅長這種事，這方面超越我也是正常的。就跟著金風訓練看看吧。」

「你確定啡？」

「既然智骨都這麼說了……」

菲利與克勞德雖然有些遲疑，但基於對同僚的信賴，最後還是同意了。

「就是這樣！不愧是智骨，果然明理！好，快說吧！你們喜歡什麼樣的女生？」

金風用力彈了下手指，然後一邊喘著粗氣，一邊催促三人公開自己的喜好，那副模樣看起來像是被什麼噁心東西附身了一樣。

「角的形狀比較漂亮的。」

「後腿比較強壯的啡。」

「骨頭比較光滑的。」

克勞德、菲利與智骨輪流說出自己中意的類型，金風聽完當場跪倒。

「怎麼了？有什麼問題嗎？」

「廢話，你這頭笨牛！人類女生有角嗎？人類女生有四條腿嗎？人類女生的骨頭是暴露在外面的嗎？給我按照人類的標準回答！」

「就算你這麼說……」

智骨等人面面相覷，完全不知道該怎麼做。見到同僚們充滿茫然的表情，金風深深嘆了一口氣，然後試著引導他們。

「不要用你們自己種族的眼光，而是用人類的眼光去看待女生。舉例來說……唔嗯……對了，你們覺得人化之後的黑穹大人，最有魅力的地方是哪裡？」

智骨三人低頭沉思，然後用不確定的語氣回答。

「攻擊距離變短？」

「破壞範圍縮小啡？」

「殺傷力降低？」

「爲什麼你們會覺得那些有魅力啊？更糟糕的是我竟然覺得你們說的很有道理！」

金風激動地抱頭大喊。對超獸軍團的士官兵而言，弱化的黑穹就是全魔界軍最理想的上司，他雖然能夠理解，但現在討論的並非那種層次的東西。

「聽好了，你們應該關注的是對方的外表！如果對方的外表不怎麼樣，可以把重心放在對方的內在，懂了嗎？」

智骨等人面面相覷，接著一起搖頭。

「我知道你想說什麼啡，可是那對我們來說有點難啡。」

「我們跟你不一樣。你很習慣變成人形，所以知道怎麼判斷人類的美醜，可是在我們看來，人類的長相其實差不多。」

「我是能夠分辨人類的美醜啦，可是我不知道人類最在意的部位是什麼……鼻孔算嗎？」

人類補完計畫還沒問世前，金風就經常化為人形跟其他人形魔族女性交往，在「如何欣賞人類美醜」這個問題上，可說經驗豐富。

「要是敢稱讚女生的鼻孔，我保證你一定會被對方做成肥料，智骨。」

金風一邊按住隱隱作痛的太陽穴，一邊強忍焦躁地說道：

「人類女生在意的部位……其實多到花上一整天也說不完，我簡單舉幾個例子好了，像是頭髮、眼睛或身材。對了，最好再加上形容詞，比如說柔亮的秀髮、美麗的雙眸、纖細的腰身。」

智骨等人一邊發出「哦——」的聲音，一邊恍然大悟地點頭。

「好，現在重來一遍，你們覺得黑穹大人最有魅力的地方是哪裡？」

「柔亮的秀髮。」

「美麗的雙眸。」

「纖細的腰身。」

「不准重複我說的話！」

金風舉起長劍，連著劍鞘朝三人的腦袋用力砸下去。三人用無辜的眼神看著金風，完全不知道對方為什麼生氣。

「……我懂了，看來今晚得好好幫你們特訓。我會把金風流交涉術的精髓一滴不漏地全部灌進你們腦袋！」

金風眼底燃起了鬥志的火焰。望著情緒高漲的同僚，智骨等人不禁感到一陣不安。

💀💀💀

自己是受到神明眷顧的矮人——拉蒙．炎金毫不懷疑這點。

出生名門中的名門，自小接受最高級的教育，吃著最高級的食物，穿著最高級的衣服，使用最高級的器具，無論什麼事都做得到，也無人敢與自己爲敵。和那些只能流血往上爬的賤民不同，他從最開始就站在權力結構的最頂層，普通矮人奮鬥一輩子也無法望及的終點，對他來說不過是尋常的起點罷了。

拉蒙．炎金的未來必定輝煌璀燦，不只外人，他本人也了解這一點。他很清楚，自己將會是足以左右國家方針的偉大矮人，因此他有義務引導火圖，讓矮人的未來變得跟他一樣燦爛閃耀。

「這世上的蠢蛋太多了，所以需要像我這樣的聰明人領導他們！」

拉蒙曾在一次酒會中說出這樣的豪語，並且獲得如雷般的掌聲，這讓他更加堅信自己走的道路是正確的。至於那場酒會是由他主辦，來賓也全是炎金家族派系成員這件事，則被他下意識忽略了。

沒錯，這世上的蠢蛋太多了。更糟糕的是，那些蠢蛋也把別人當成蠢蛋，所以才會有那麼多蠢事。

拉蒙一邊在樹林中昂首闊步，一邊如此想著。

這時的他，正行走於人界軍第一防線外的樹林裡，此地距離邊境線僅有一公里，堪稱險地中的險地。

然而拉蒙・炎金毫無畏懼，他的勇氣並非來自於周遭的護衛士兵，而是對於自己乃是上天選民的強烈自信。

除了拉蒙・炎金，隊伍裡還有同爲調查團高階成員的吉姆・梵・哈默斯，以及波魯多・火鎚跟阿提莫・梵・薩米卡隆這兩位復仇之劍要塞軍事委員。他們之所以出現於此，是爲了尋找當初那起襲擊事件的線索。

其他調查團高階成員拒絕同行，在拉蒙看來，他們都是一群膽小怕事的蠢蛋，只想待在安全的地方享樂，毫無揹負人界未來的自覺。

沒想到連鼎鼎大名的艾尼賽斯・月實也這樣，看來就算是十三級魔法師，也只有打仗時才派得上用場。

就像種田需要農夫，打獵需要獵人一樣，他們只在自己擅長的領域裡發光發熱，一遇到種田或打獵以外的事，就表現得跟常人一樣普通，甚至更加不堪。拉蒙認爲艾尼賽斯．月實正是那樣的精靈。

能採納我的建議，本來還以爲是個有見識的精靈，沒想到只是那種程度的傢伙。果然，除了我以外，調查團裡淨是蠢蛋。

拉蒙往旁邊瞟了一眼，他的視線落在吉姆．梵．哈默斯身上。

懂得跟過來，這傢伙還算有點見識。看來神聖黎明還是有一、兩個人才，根據他之後的表現，也不是不能跟他打好關係。

對於這個人類貴族的識相，拉蒙．炎金打從心裡予以肯定。相較之下，其他調查團高階成員顯得軟弱又無知。

事發地點太靠近邊境線，所以很危險？多麼愚蠢的藉口，拉蒙在心裡暗暗嗤笑。

復仇之劍要塞開始祕密建造後，魔界軍遲遲沒有發動大規模攻勢。若他是魔界軍的指揮官，既然打下了正義之怒要塞，肯定會想辦法擴大戰果。魔界軍之所以不這麼做，拉蒙．炎金認爲只有兩個理由：對方的指揮官是蠢蛋，或者魔界軍已無力發起進攻。

無論理由是哪個，魔界軍都不會隨便派兵進攻，那麼邊境線又有什麼可怕的？只要帶上足夠的護衛就能確保安全。連這麼簡單的事都看不穿，眞是一群無能之輩。

果然，世上的蠢蛋太多了啊……更麻煩的是，就連自己人這邊也有蠢蛋。如果不是那個蠢蛋中的蠢蛋，我也不用大老遠跑來這裡。

拉蒙腦中浮現一張老年矮人的臉。那傢伙正是在炎金一族的支持下晉升將軍、結果丟掉了正義之怒要塞的超級大蠢蛋。

雖然是個聽話的傢伙，但也只有聽話而已。除了懂得像狗一樣對飼主搖尾巴，就沒有其他優點了。叔叔當初怎麼會幫忙這種蠢蛋上位？挑人也該挑可靠一點的吧？

拉蒙・炎金的叔叔正是炎金一族的現任族長，拉蒙能有如今的地位，全賴對方的協助，但本人卻認爲自己的才能與努力才是主因。

如果不是族長識人不明，平白送出把柄給炎金一族的政敵，自己也不用幫忙善後。

果然，叔叔也老了啊……炎金一族的未來，還是要靠我來支撐……有沒有辦法讓他早點退休，把位子讓給我呢？

就在拉蒙想著自己成爲族長要先改革哪些看不順眼的地方時，一道聲音打斷了他的思考。

「各位大人，就是這裡。」

出聲者是個年輕的女性精靈，拉蒙對她有印象，因爲她不但是襲擊事件的關係人士之一，同時也是軍事委員克莉絲蒂・星葉的妹妹。

這名精靈正是克拉蒂，除她之外，莫拉・霧風與當時一起行動的數名精靈也在隊伍裡。由於拉蒙強烈要求，他們被強拉來此處協助調查。

這裡正是當初克拉蒂與其他冒險者組隊巡視邊境時，遇見災獸並慘遭滅團的地方。

拉蒙皺眉環顧四周，並且理所當然地看不出任何東西。

「妳就是在這裡遇到災獸的？」

拉蒙一邊用審視的眼神瞪著莫拉，一邊再次確認。

「是的，大人。」

「確定是這裡？要是敢說謊，別以爲可以平安無事。閃耀者的鎚子總能落到該被敲打的地方。」

拉蒙說的是矮人諺語，意思是「不論身分貴賤，犯錯的人必定會受到懲罰」，警告克拉蒂別以爲自己是精靈，他就不能對她怎麼樣了。

「是的，確實是這裡。請看，這裡還留有血跡。」

克拉蒂指向某棵樹的樹幹，仔細檢查，可以發現那裡確實有一點乾掉的血跡。拉蒙發出「唔嗯……」的聲音，對著血跡觀察了好一陣子。

「妳記得太清楚了吧？那麼久的事，而且附近的樹又長得這麼像。確定沒弄錯？」

「大人，森林就是精靈的家，您會忘掉自己家裡的布置嗎？」

「……哼。你們！給我仔細地找，絕不能放過任何線索！」

拉蒙轉頭大喊，他的部下立刻開始行動。這些人之中有魔法師、動植物學者、獵人、偵察兵與高階冒險者，全是身懷特殊技能或知識的專業人士，種族也並非只有矮人一種。

阿提莫與波魯多站在一旁，冷眼看著調查團尋找線索。

「你覺得怎樣，阿提莫？」

「這個嗎……我想應該可以找到不少東西。只是最後會拼出什麼形狀的圖案，那就難說了。」

同樣一件事，用不同角度看待就會得到不同結果。即使證實了那群怪物是魔界軍，拉蒙也可以用充滿惡意的方式曲解其意義。

「那個白痴眞敢亂來，到時我一定揍他一頓。」

「喂，別做傻事。」

「哼，我才不會蠢到讓人知道是我做的。晚上找個袋子罩住他，到時想怎麼打就怎麼打。」

「你也想得太簡單了吧。」

「完全不會。你以爲那個白痴自從來到這裡後，究竟惹火了多少人？只要稍微放點消息出去，願意幫忙的人要多少有多少。」

阿提莫沉默不語。並非因爲波魯多的想法太過愚蠢，而是因爲可行性實在太高，所以他才不敢接話。

「喂，那老頭子在看你。」

波魯多突然用下巴指了指旁邊。阿提莫沒有轉頭，而是用眼角餘光掃向友人所指的方位，果見吉姆·梵·哈默斯正站在不遠處看著自己。阿提莫轉忙收回目光，以免被對方發現。

「你惹到他了？」

「……不，沒有……對，應該沒有。我一直很小心地躲他，盡量不跟他打交道。」

「那他幹嘛看你？」

「我怎麼知道。他還在看嗎？他的眼神怎麼樣？帶有惡意嗎？還是單純只是在發呆，剛好面對我們而已？」

「你白痴啊！那種事我怎麼可能看得出來！」

就在這時，一道尖銳哨音打斷了兩人的交談。除了少數幾人，幾乎每個人都立刻蹲低身體、握住武器。

那是敵襲的訊號。

最先發現異狀的，是在隊伍外圍擔任警戒工作的精靈士兵。

精靈乃森林之子，任何發生在森林裡的變化都逃不過他們的眼睛。這名精靈士兵敏銳地察覺到有什麼正在靠近這裡，他一開始以爲是野生猛獸，於是彎弓朝著那方向射了一箭，想將其驅逐。當箭矢沒入樹叢後，那東西不但沒有退縮，反而加速衝了過來。

爲了確保調查隊的安全，這些擔任護衛的士兵皆是百裡挑一的精銳。精靈士兵立刻察覺到不對勁，第一時間吹響了掛在脖子上的警哨。

下一秒，巨大黑影從樹林中猛然衝出，精靈士兵反射性地橫舉長槍，想要擋住黑影。他的反應雖快，但從結果來看沒有意義，黑影直接撞斷了槍桿，然後將精靈士兵的身體撞爲兩截。

這時其他士兵趕了過來，同伴慘死的畫面令他們驚怒，不過在見到黑影的眞面目後，不少士兵的表情立刻轉爲恐懼。

「出現了！是上次的怪物！」

一名人類士兵臉色蒼白地大喊。

來者正是上次襲擊第一防線的災獸。在場士兵大多來自第一防線，經歷過那場戰鬥的他們非常了解眼前這隻怪物的可怕，因此沒有莽撞地衝上去，而是立刻結陣對峙。

「不用怕！只有一隻而已！我們人多——欸……？」

一名矮人士兵原本想幫戰友打氣，但他的聲音很快就由激動轉爲錯愕。

怪物後方的樹叢裡，陸續竄出好幾隻同樣的怪物。

「冷、冷靜！不、不要慌張！貫徹防禦！等待支援！」

一名人類士兵用變調的聲音鼓舞眾人士氣。調查隊這次出行總共帶了一百五十人，只要他們堅持防守，等到其他士兵趕來，還是有機會扳回局面。

只是話才剛說完，其他地方竟然也響起了哨音，而且還不只一處！

被包圍了！眾人心中同時冒出相同念頭。

這怎麼可能？他們一行人來此之前已派出偵察兵先一步確認附近狀況，難道這些怪物知道他們的偵察半徑，懂得繞過來伏擊他們？這些怪物竟有如此智慧？

眾人既困惑又震驚，但現在不是尋求解答的時候，因為這些怪物已經衝上來，他們此時唯一能做的，就是舉起武器死戰到底。

戰鬥的哨聲同時在多處打響。

若從天空往下俯瞰，可以發現調查隊已被怪物包圍。

戰鬥轉眼陷入白熱化。怒吼與哀號聲此起彼落，並且不時穿插爆破與炸裂聲——那是魔法與魔法道具造成的聲音。

護衛隊不只配備了最精良的武器與防具，還攜帶大量魔法道具，因此一時間沒有落敗的跡象。

怪物的包圍網並不嚴密，而是從五個方向同時往中間擠壓，位於最中間的自然是調查團的大人物們。

「怎麼回事！為什麼我們會被攻擊？偵察兵究竟是幹什麼吃的！」

拉蒙氣急敗壞地大聲咆哮，接著不斷喊著「無能」、「垃圾」、「蠢蛋」之類的字眼。吉姆．梵．哈默斯不發一語，看似冷靜的他，其實臉孔已失去血色。於是指揮現場的重任，自然落到阿提莫與波魯多頭上。

「情況如何？」

阿提莫臉色凝重地詢問身旁的護衛隊隊長。

「被包圍了，是上次的那些怪物。」

「打得贏嗎？」

「很難，只能暫時擋住牠們。沒有地形優勢，也沒有防禦工事，光靠裝備與道具，我們撐不了太久。」

「什麼——？你們這些廢物！平時只會偷懶，所以才會連那種東西都打不過！我回去後一定會彈劾你們！我會把你們全扔進監獄！不想坐牢的話，就給我打贏！」

一聽見戰況不妙，拉蒙立刻拉高聲音大喊。護衛隊隊長聞言不禁皺眉，四周士兵也露出厭惡的神色。

「請閉嘴。現在我是指揮官，請別對我的士兵指手畫腳。」

阿提莫語氣冰冷地說道，拉蒙錯愕地看著他。

「你說什麼？」

「不想死的話就閉嘴，這裡沒有你出場的餘地。」

「混帳！你以爲你在跟誰說話？信不信等我回去，只要一句話就可以讓你滾回自己國家，變得連三流貴族都不如！」

「隨便你。如果你回得去的話。」

「你——！」

暴怒的拉蒙伸手抓向阿提莫，這時波魯多跳出來一把抓住前者的手臂，吉姆・梵・哈默斯也開口了。

「冷靜點，炎金卿。現在不是內鬨的時候。」

「啥？你竟然幫他們說話？你沒聽到嗎？他剛才可是在威脅我！我是火圖的使節，

對我無禮就是對火圖無禮！威脅我就是在威脅火圖！」

拉蒙一邊揮舞雙手一邊大吼，擅自將阿提莫的言行判定爲對矮人之國的挑釁。他自認這番話冠冕堂皇，但其他矮人士兵的神情大多不以爲然，甚至還有人往地上吐口水。

吉姆沒有理會歇斯底里的拉蒙，而是轉頭看著阿提莫。

「你有辦法處理眼前的困境嗎？」

「可以。前提是沒人干擾我。」

這是謊話。阿提莫認爲他們一行人生存下來的機率非常渺茫，即使僥倖脫險，能活下來的人恐怕不到一成，但這種打擊士氣的話可不能說出來，否則如今勉強維持的均勢一定會崩潰。

吉姆深深看了阿提莫一眼，然後點了點頭。

「那就交給你了，把我們帶回去吧。」

「當然。」

「你在胡說什麼，哈默斯卿！讓那個蠢蛋指揮軍隊？你想害死我們嗎——！」

「炎金卿似乎太緊張了，請他安靜一下。」

吉姆・梵・哈默斯的隨從立刻走了上去，這些隨從都是哈默斯家族的人，只聽從吉姆的命令，而且身手不俗。拉蒙當然也有自己的隨從，但吉姆的人動作實在太快，他們搶先一步制伏了拉蒙，令拉蒙的人不敢反抗。

「吉姆・梵・哈默斯！你這蠢蛋！敢對我做這種事，你知道會有什麼後果嗎？我要把你扔進爐子裡！用鐵錘把你的骨頭敲碎！」

「炎金卿果然累了，所以說話有點語無倫次。阿提莫・梵・薩米卡隆，後面就交給你了。」

「……交給我吧。」

阿提莫努力壓下心中的不安、緊張與恐懼，面無表情地回答。

拉拉……給我力量吧！我會證明，自己是配得上妳的男人！

阿提莫仰頭深吸一口氣，心中閃過一張美麗容顏。不可思議地，雖然心跳快得像要爆炸一樣，但他覺得自己的思緒宛如湖水般清澈。

「傳我命令！集中兵力突圍！」

💀💀💀

「是不是有什麼聲音啡？」

菲利放下手裡的碗，豎起耳朵仔細聆聽周遭聲音。

見到同伴突如其來的舉動，智骨等人立刻停止用餐與交談，安靜地等待結果。這位白髮青年擁有敏銳的視覺與聽覺，那是長年沉迷賭博鍛鍊出來的能力，雖然不值得效法，但這份能力確實很實用。

不久之後，菲利一邊放鬆臉部表情，一邊對眾人擺了擺手。

「……沒事啡。剛才以爲聽到有什麼爆炸的聲音，應該是弄錯了啡。」

眾人有些訝異，金風伸伸脖子嗅了兩下，然後露出反胃的表情。

「不行，空氣中都是剛才那鍋湯的味道，有夠噁心，我的鼻子已經麻痺了。」

「同意啡。都是因爲那鍋湯，我才會出現幻聽啡。」

「爲什麼你可以煮出那麼奇怪的東西啊，智骨。」

「吵死了，要抱怨去找魔道軍團，那又不是我開發的東西！」

確定沒事後，智骨一行人的話題立刻轉到剛才的午餐——更正確地說，是關於午餐那鍋湯的調味料。

就像智骨的興趣是看書、克勞德的興趣是音樂一樣，魔道軍團的士官兵喜歡在閒暇時研究各種魔法相關的事物。新的法術、新的技巧、新的戰術、新的魔法道具……每當魔道軍團開發出一項新東西，就會把魔界軍的同袍們當作實驗品。而正義之怒要塞爆發假日大亂鬥，十之八九是魔道軍團在背後故意搞事，好爲他們的新玩具取得實驗數據。

魔道軍團長桑迪看完開拓小隊的任務報告後，認爲有必要開發新型軍糧作爲人類補完計畫的後勤支持，於是立刻向司令部申請經費進行相關研究。魔道軍團內部有許多魔族參與了這項研究項目，不是因爲興趣，也不是因爲使命感，而是他們覺得這玩意兒很好騙經費。

桑迪趁智骨等人奉命外出的這個好機會，要求他們試用魔道軍團開發的那些新型軍糧，順便寫兩篇測試報告，而司令部也同意了，於是才會出現先前那番對話。

「老實說，那玩意兒根本就是一坨屎。魔道軍團能不能開發正常點的東西？」

「你覺得魔道軍團有正常魔族唄？就算是正常魔族，在裡面待個兩天就會變不正常了唷。」

「就算是我，也覺得跟魔道軍團的女性交往這件事很有挑戰性……」

「這麼說或許不太好，但我很慶幸自己雖然是魔法師，但不隸屬魔道軍團。」

趁著四下無人，智骨一行人開始大肆批評魔道軍團，然後順勢把其他軍團與司令部也數落了一番，最後得出了「我超獸軍團果然至高無上所向無敵」的結論。

當然，智骨對於這個結論並不認同，但他覺得沒必要破壞同僚的興致，所以也就沒有反駁，但當克勞德他們提到「不死軍團的士兵因爲沒有肌肉所以力量不足」這個話題時，智骨終於忍不住了。

「決定力量大小的不是肌肉，而是能量來源。也有外表瘦弱卻力量強大的不死生物。」

「但那只是少數特例吧？大多數情況下，肌肉量與力量是呈正比的。」

克勞德邊說邊彎曲手臂，鼓起了他那雄壯的上臂二頭肌。因爲這是事實，所以智骨一時想不出什麼好辯詞。就在這時，金風提起了另一件事。

「話說回來，變成人形後，肌肉量與力量好像變得無關了。」

「咦？是這樣嗎？」

「你看黑穹大人，那個體型像是有肌肉的樣子嗎？」

人化之後，外表與實力相差最大的例子非黑穹莫屬，那具嬌小的身體裡可是隱藏著足以粉碎岩石的力量。如果有人因爲黑穹的幼女相貌而心生輕視，認爲就算挨上對方一拳也無所謂的話，下場肯定是去另一個世界報到。

「人化項鍊的變化標準到底是什麼？我也想像黑穹大人一樣縮小體格，改變一下形象啊。哎——」

克勞德說完嘆了一口長氣，其他人一臉錯愕地看著他。

「……你想變成什麼形象啡？」

「上次我們出任務時，不是在人界軍那邊看到了很多吟遊詩人嗎？我發現想要玩樂器，還是體型小一點比較好。」

「會嗎？」

「當然。像我的五弦琴就是特別訂製的，尺寸其實比一般五弦琴要大。可這樣一來，弦的長度也要跟著改變，這會影響弦的張力與音色——」

克勞德吧啦吧啦地說了一大堆，言下之意就是只要自己縮小了，就能在名爲音樂的道路上更進一步。

等克勞德說完，菲利突然跟著開口。

「我倒是想把體格變得更大一點，這樣打牌比較方便。話說我用魔族原形打牌時，牌都要用嘴巴咬，抽牌都要用舌頭——」

菲利吧啦吧啦地說了一大堆，彷彿只要他的人化之身變得更壯碩些，賭神頭銜指日可待。

在那之後，金風也抱怨起來。

「其實我也想改變，不過只要局部就好。那個啊，艾德琳覺得我的肩膀再寬一點會更好看，莎莎喜歡腰細的男生，美亞欣賞屁股翹的——」

金風吧啦吧啦地說了一大堆，似乎只要能夠變化那些部位，他搭訕女性的成功率就會直線攀升。

「那個，就算跟我說這些也沒用。你們可以去找愛麗莎，請她把你們的意見轉告給桑迪大人。」

「找過了，她說魔道軍團有改造項鍊的業務，可是要收錢！而且很貴！」

「還說可以貸款給我們啡！利息超高啡！」

「而且眞的有人借了哦！因爲還不出錢，變成了魔道軍團的魔藥試驗品！」

智骨發現自己似乎小看了魔道軍團的斂財能力與黑心程度，同時也爲自己當初沒有眞的跑去改造項鍊的決定而慶幸，他人化後的長相雖然平凡無奇，但還沒糟到要賭上往後的魔生，淪落爲魔道軍團試驗品的地步。

「……認命吧。既然不想花錢，那就沒辦法了。」

智骨原本打算用這句話爲話題畫下句點，沒想到克勞德用力搖了搖頭。

「不，其實我覺得還是有辦法。就像我剛才說過的，只要搞懂人化項鍊的變形標準就好。」

克勞德的言論引來三人側目。

「什麼意思啡？」

「欸，你們忘記了嗎？當初人化項鍊的說明書上不是有寫？我們的人化外形，其實跟我們的魔族原形有關係。反過來說，只要改變我們的魔族原形，就能調整自己的人化外形了。」

「哦哦哦哦——！原來如此啡！」

「了不起的發現！眞有你的，克勞德！」

菲利與金風忍不住大聲讚歎，克勞德也一副洋洋得意的表情，唯獨智骨面露困惑，他總覺得好像在哪聽過類似的邏輯。

不買合身的衣服，可是會爲不合身的衣服減肥……人類的書裡經常出現這樣的事情，原來是這樣啊，經濟因素嗎？可是沒錢吃飯的話不是會變瘦？這樣還須要減肥嗎？

思考之餘，智骨心中也生起一股危機感。身爲人類補完計畫的提案人，同僚們竟然比自己更貼近人類的思考方式，他的顏面何在？就算是骷髏，也是有自尊的！

「好！那就來研究一下吧！」

智骨猛然站起，令三人小小地嚇了一跳。

「怎、怎麼了？突然很有幹勁？」

「氣勢變得不一樣了啡？」

「剛才的湯裡有加什麼奇怪的東西？」

「沒事，只是湧現了靈感而已。反正閒著也是閒著，乾脆趁現在研究怎麼調整人化外形吧！我們要讓魔道軍團知道，不是每件事都會照著他們的意思走！」

智骨的宣言獲得三人的掌聲。

「哦哦，說得好，智骨！」

「給那些只會玩法術的一點教訓！」

「可是要怎麼做啡？」

「這個……總之先把我們人化外形的特點詳細記錄下來，再跟我們的魔族原形做比對，然後找出可能有關聯的地方。」

「有道理！不愧是天才不死生物，一下子就找到辦法了！」

「詳細記錄啡？也就是全身上下都要檢查啡？」

「了解，脫吧！」

克勞德三人立刻唰唰幾下把衣服脫掉，變成全身上下只剩一條內褲的狀態。明明一個個輪流脫掉檢查就好，偏偏他們不知哪根筋不對，硬是要一起先脫光，就連智骨也被他們強行剝光衣服。

就在四人以幾乎全裸的姿態檢查彼此的身體時，一團白光突然從天而降。

💀💀💀

一支十人組成的隊伍正在樹林中奔跑。

隊伍人員結構複雜，有人類，有精靈，也有矮人。

走在最前面的是一男一女兩位精靈，身爲森林之子的他們，理所當然肩負起嚮導與開路的重責大任。至於剩下的八人，人類與矮人各佔一半，老少皆有，而且全是男性。

他們神色慌張，像是在逃離什麼似地拚命奔跑。就在這時，一名中年男子被樹根絆倒，另一名壯年男子連忙將他扶起。

「請等一下！我家主人跌倒了！」

壯年人類大喊，其他人紛紛止步。有兩名矮人原本想要繼續往前跑，但見大家全都沒動，只好跟著停下。

「哈默斯卿，沒事吧？」

一名青年邊喘氣邊問。中年男子搖了搖頭，他想站起來，卻失了力氣，壯年男子及時拉住他，然後蹲下身觀察中年男子的腳。

「腳踝扭傷，膝蓋也有傷。請問哪位身上有帶治療藥水？」

壯年男子的詢問沒有得到回應。

治療藥水是好東西，也是難以入手的高價品，在人界，只有神殿能夠製造，由於數量有限，因此絕大部分都被軍隊與貴族壟斷，只有一小部分流入市面。就算是傭兵或冒險者這種隨時有可能喪命的職業人士，很多時候也只能用藥草治傷。

眼前這群人有一半是身處高位的權力者，另一半則是權力者的親信隨從，對他們而言，拿到治療藥水不是難事，偏偏此時沒人有帶。

這支隊伍正是來自復仇之劍要塞的調查隊，由於遭到怪物伏擊追殺，原本一百五十人的隊伍，如今只剩十人。

身爲人類的阿提莫·梵·薩米卡隆、吉姆·梵·哈默斯，以及兩名隨從。

身爲矮人的波魯多·火鎚、拉蒙·炎金，以及兩名隨從。

身爲精靈的克拉蒂·星葉與莫拉·霧風。

這十人就是調查隊僅剩的生存者，其他人不是在突圍時戰死，就是留下來斷後。除此之外，他們的坐騎也在逃亡過程中失散或被殺。

跌倒的中年男子正是吉姆．梵．哈默斯，身爲無須勞動且上了年紀的貴族，他能跟著眾人一路逃離至此已算很了不起，但這份努力如今也將成爲泡影。

「大人，我來揹您！請放心，我們一定能回去的！」

壯年男子是吉姆的隨從，他作勢欲將主人揹起，但吉姆拒絕了。

「算了。我已經跑不動了，你揹著我也跑不快。你跟他們一起走吧，把我的遺言帶回去。」

「請別說那種話！我一定會帶您回去的！」

壯年男子噙淚大吼，阿提莫也開口勸說。

「哈默斯卿，站起來。不要放棄，我們還有希望。求援的閃光箭早就射出去了，第一防線肯定會出兵。我們支撐得越久，獲救的可能性越大。」

吉姆聞言搖了搖頭。

「來不及的。那些怪物一直在追殺我們，我們撐不到援軍過來。」

「可以！如果那些怪物是魔界軍的話，我們就還有機會。」

阿提莫斬釘截鐵地說道，眾人盡皆愕然。

「……什麼意思？」

「我認爲那些怪物是魔界軍的斥候部隊，而且是以前從未出現過的新兵種。牠們滲透我軍防線，收集戰場情報，而我們不幸遇上了牠們。」

阿提莫沒有正面回答，而是突然談起了那些怪物的身分。

「災獸沒有伏擊的智慧，更沒有追殺的概念。牠們的行動全憑本能，除非爲了填飽肚子，否則不會浪費力氣追趕逃跑的敵人。我觀察過了，那些怪物沒有啃食屍體，只是不斷地殺戮，這根本不是災獸的行動模式。牠們是魔界軍，不會錯的。」

「……所以？」

「所以我們還有機會。那些怪物有智慧，肯定知道我們打算逃回去。如果我是這支部隊的指揮官，就會兵分兩路，一路繼續追擊，一路守住通往第一防線的必經之道，等我們自己送上門。」

阿提莫深吸一口氣，然後環視眾人，神色嚴肅地說道。

「這就是機會。對方一分兵，追我們的怪物就少了，而且怪物不會只追擊我們，也會追擊落單或逃跑的士兵，我們要面對的怪物不會那麼多。我的目的不是逃回第一防線，而是找到一個適合防守的地方，一邊休整一邊等待援軍。我承認那些怪物很強，但我們也不弱，只要借助地利，那種怪物就算來個兩、三頭也擋得住。」

聽完阿提莫的分析，眾人的表情紛紛鬆動。

在場眾人除了扭傷的吉姆單純是貴族，其他人都有一定的戰鬥力，要魔法師有魔法師，要戰士有戰士，既能打近身，也能打遠程，而且武器裝備齊全，就算正面對上怪物也不是沒有一戰之力。

由於阿提莫的鼓舞，隊伍士氣重新振作起來——唯獨某位精靈。

很會說話嘛……阿提莫．梵．薩米卡隆……聽說他最近改過自新，完全變了另一個人……看來不是謠言。

莫拉．霧風面無表情地看著阿提莫，心中暗暗冷笑。

計策不錯，可惜我會讓你知道，什麼叫真正的絕望。

前往第一防線前，莫拉已跟眞理庭園派來的人聯繫上了。

對方自稱爲「橙」，莫拉則自稱「荊棘」。兩人都沒報上自己的組織代號，但莫拉知道「橙」的地位肯定高於自己，否則眞理庭園不會命令自己協助對方。

另外，當時「橙」蒙面赴約，所以莫拉看不出對方的容貌、性別與強弱，但那無所謂，因爲他也做了同樣的事。身爲祕密結社的一分子，嚴守個人情報乃是基礎中的基礎。

莫拉原本擔心「橙」會提出什麼困難要求，沒想到對方交代的任務出奇簡單。

「盡量跟著調查隊一起行動，並留下追蹤用的暗號。」——這就是「橙」的要求。

一開始莫拉搞不懂「橙」到底想幹什麼，現在他終於明白了，同時也對組織的謀劃能力佩服萬分。

能預測調查隊會離開復仇之劍要塞，甚至只帶少量護衛就離開第一防線，這樣的判斷絕對不是光靠「情報充分」就能解釋，更重要的是，就連艾尼賽斯・月實的行動也被掌握了。

肯定有人在背後引導或挑唆……能做到這種事的人……調查隊的幕僚嗎？拉蒙・炎金那邊嫌疑最大……不，或許不只拉蒙・炎金，連其他人的幕僚都被操控了。

憑著零散的線索與想像力，莫拉試圖猜測組織究竟用了何種手法。不管他的猜測是對是錯，只有一件事可以確定的——那就是眞理庭園的根鬚確實又深又廣。

正當莫拉感歎組織勢力之大時，走在他旁邊的克拉蒂突然轉頭大叫。

「來了——！」

眾人連忙望向她所注視的方向，接著便看見有一團黑影正從樹林深處往他們這裡衝來。眾人臉色頓時大變。

「不能跑——！」

阿提莫第一時間喝止了準備逃跑的眾人。

「大家絕對不能分散！否則會被分頭擊破，到時誰都活不了！仔細看，怪物只有一頭！我們能贏！」

正如阿提莫所言，怪物只有一頭。在場眾人皆非見識淺薄之輩，很快就理解到阿提莫的意思。

若大家現在四散逃跑，或許可以暫時逃離險境，代價卻是他們會失去對抗怪物的能力，最後被怪物一個個殺死。與其如此，還不如奮力一搏，趁這機會先解決一頭再說。

「嗚哦哦哦哦哦！吾之前路永遠閃耀──！」

波魯多提斧大吼，並且往前跨出一步，用行動支持阿提莫的意見，至於兩人的隨從自然奉陪到底。其他人見狀，也紛紛擺出戰鬥架勢，並且呼喊口號壓制內心的恐懼。

「丈量萬物的平衡之座啊，請將運氣傾注於我！」

喊出這句話的人是四大神之一．永恆天平的信徒。神話中，這位神明掌管一切「概念相對」的事物，其中也包括噩運與好運。永恆天平的教派在侏儒之國非常盛行，在人類之國也相當受歡迎。

「死戰！以至高之名！」

喊出這句話的人則是四大神之一．太天的信徒。據說這位神明司掌森羅萬象的運行，如果世界變得污濁，祂就會出手破壞一切。絕大部分的獸人都信仰太天，在人類之國也有大量信徒。

「我用魔法攔住牠！掩護我！」

克拉蒂喊完便開始吟唱咒文。一旁的莫拉則是在考慮要不要現在就化身為背叛者，如果此時出手，他有把握可以一口氣幹掉兩人。

錯。

……算了，還是先讓火種削減他們的人數吧。

最後莫拉決定按兵不動，要是不小心放跑一個，事情可就麻煩了，謹慎一點不會有錯。

怪物轉眼衝到眾人面前，充滿魄力的衝鋒配上銳利的獠牙，令眾人以為自己正在面對綁有尖矛的戰車。就在彼此距離僅剩五公尺時，克拉蒂的咒文及時完成。

隊伍裡除了克拉蒂，莫拉與阿提莫也通曉魔法。他們原以為精靈少女會使用「穹光之箭」或其他攻擊系魔法，沒想到對方的選擇出乎他們預料。

克拉蒂使用的魔法是地沼術。

只見怪物前腳突然陷入地面，然後因為慣性力而往前撲倒，重重跌了一跤。看見摔倒在自己面前的怪物，眾人先是呆了一下，接著立刻回神，舉起武器砍了上去。

成功了！果然就應該這麼做！

見自己魔法奏效，克拉蒂興奮地握緊拳頭。

對付這種如豬似虎的怪物用攻擊系魔法是行不通的，怪物魔法抗性太高，至少要威力六級以上的法術才能對牠造成傷害。然而世上又有多少人能成功晉升六級魔法師？

雖然魔法可以跨階學習，但通常只能跨越一階，如果利用特殊方法或道具輔助，理論上最多可以跨越兩階，可那種做法沒有意義，因爲法術的魔力消耗量不會變少，而是變多，甚至可能會掏空全身的魔力。只能打出一發六級法術的魔法師，無論哪裡都派不上用場。

那麼，究竟要怎麼樣才能對抗那種怪物呢？眼前這一幕正是克拉蒂苦思許久得到的結論。

這都要多謝那位名叫智骨的修行者，是他給了我靈感！

當初智骨用挖掘術對付無頭騎士的做法，給克拉蒂帶來巨大的衝擊。在那之後，克拉蒂開始學習不擅長的地元素魔法，最近總算能成功施放地沼術了，雖然只能製造直徑不到一公尺的泥沼區域，但也足以在實戰中發揮作用。

遺憾的是，勝利的天平並沒有因爲克拉蒂的成功而倒向他們。

「咕——！砍、砍不動？」

「這傢伙是怎麼回事——？」

怪物毛皮太過堅硬，刀劍難以穿透，哪怕眾人已用盡全力，還是無法重創對方。相對地，怪物卻是一邊承受眾人的攻擊，一邊重新站了起來。

「嘎哦——？」

最先犧牲的是阿提莫的隨從。怪物往前用力一頂，尖銳的獠牙便刺穿了他的身體，堅韌的皮甲就像紙做的一樣被輕易刺穿，完全沒有起到防護作用。

接著怪物開始跑動，眾人見狀連忙往旁跳開，但波魯多與他的隨從動作慢了一拍，被怪物擦撞到，兩人像是皮球般被彈飛出去。

僅僅數秒便打倒三人，這驚悚的一幕奪走了眾人的鬥志。就連主張己方有勝算的阿提莫也臉色煞白，張大了嘴說不出話。

怪物繞了一個半圈，然後筆直衝向眾人。

完了！所有人心中同時冒出這個念頭。

「——可惡！你們這些蠢蛋通通欠我一次！」

拉蒙突然破口大罵，同時用力拉起左手袖子，露出了隱藏於衣服下的銀色臂環。臂環上刻有精美的花紋，並且鑲嵌大量寶石，一看就知道不是凡品。

下一秒，臂環上的寶石一起綻放灼目的光芒。眾人只覺眼前閃過一片白光，然後被一股巨大力量拉上天空。

魔法道具・星火之救贖。

只要喊出祕語並啓動開關，就能讓半徑五公尺內、對持有者不抱敵意的生命體進行魔法跳躍，跳躍距離最遠可達一公里。

星火之救贖乃炎金一族的家族祕寶，炎金一族的族長得知拉蒙即將前往前線後，便將它借給拉蒙以防萬一，由此可看出他是多麼疼愛這位姪子。

眾人感到一陣強烈的失重感，等他們回過神，四周景象已完全變成了另一模樣。

只是比起風景，有其他東西更吸引他們的注意。

那是四個理論上不該出現在邊境地帶的年輕男子。

而且——不知爲何只穿著內褲。

04. 意外與奇蹟的差別

時間彷彿在這一刻凍結了。

智骨等人與調查隊一行人錯愕地看著彼此，這場遭遇來得太過突然，狀況也太過詭異，沒人知道這時究竟該做出什麼反應，於是全都訝異地注視著對方。

「——是你們！智骨！克勞德！菲利！金風！」

打破沉默的是克拉蒂，她驚喜地喊出了眼前四人的名字。

「是我！克拉蒂！克拉蒂．星——雪音！對，我是克拉蒂．雪音！上次被你們救過的那個精靈呀！」

克拉蒂報出了她慣用的假名。克勞德、菲利與金風一臉迷惘，唯有智骨露出恍然大悟的表情。

「啊，是妳。我想起來了。」

「你們沒事嗎？當時你們不是引走了怪物？後來怎麼了？你們怎麼會在這裡？我後來一直在找你們，你們沒去要塞嗎？我——」

克拉蒂情緒非常激動，劈里啪啦地扔出一大堆問題，令智骨為之傻眼。

克拉蒂為這場意外重逢感到欣喜，對她來說，智骨一行人是可以信任的對象，然而其他人卻不見得這麼認爲。

「智骨、金風……這幾個名字我有印象，他們就是那些神祕的修行者？」

「爲什麼他們會在這裡？而且還穿成那樣？」

「誰知道？是說這也太巧了吧？爲什麼我們會遇到他們？算計好的？」

「這應該要問炎金卿，是他把我們帶來這裡的。」

眾人視線落到拉蒙身上，後者一臉困惑地搖頭。

「不清楚。我只知道這個道具可以讓人跳躍到安全的地方而已。」

拉蒙只對權勢地位有興趣，對魔法毫不關心，因此就算手握炎金一族的祕寶，也沒有生過探究的心思。

事實上，星火之救贖的珍貴之處正是因爲它並非隨機跳躍，而是會選擇地形平緩、沒有障礙物或危險事物的地方，否則要是把人送到懸岸或河流上方，問題可就大了。

智骨等人會在此處紮營休息，自然是因爲這個地點條件良好，星火之救贖會把調查隊一行人帶來這裡也是理所當然。眞正該說巧合的，應該是他們與智骨等人之間的距離剛好在一公里內這件事。

不只調查隊，克勞德、菲利與金風同樣在竊竊私語。

「喂，他們是誰呀？怎麼智骨跟他們很熟的樣子？上次在人類要塞認識的？」

「不對吧，你們難道忘記了嗎？那個女的之前被我們救過啊。」

「沒印象，人類的臉看起來都一樣啡。」

牛頭人與夢魘都不擅長記憶人臉，除非很有特色，例如有明顯傷疤或少了鼻子什麼的。對他們來說，不管是人類或精靈長得都差不多，矮人跟侏儒也沒太大差別，反倒獸人還比較好認一點——畢竟他們本來就是獸系魔族。

「這些傢伙爲什麼會在這裡？而且看起來挺慘的。」

「大概是在巡邏吧，然後倒楣遇到了災獸或我軍的偵察兵。」

「要不要幹掉他們啡？這應該可以算功勳啡？」

克勞德等人的話題逐漸朝著危險方向傾斜，這時智骨與克拉蒂也終於釐清現狀。

「被魔界軍伏擊嗎？那可眞是……嗯，不幸啊。」

事到如今，克拉蒂也不再堅持那種如豬似虎的怪物是災獸，改稱牠們是魔界軍了。

說到底，正是因爲她當初提出的「未知怪物＝災獸」這個論點，拉蒙才會堅持要來森林調查，克拉蒂對此一直感到愧咎，覺得自己害了大家。

「那個……如果可以，我想請你們護送我們回去……魔界軍出現了新兵種，這件事很重要，我們必須把情報帶回去。啊，當然會給報酬。像之前那樣的事，這次絕對不會出現！」

克拉蒂指的是智骨先前救了她，結果反而遭到監禁的事。那種忘恩負義的做法，換作是她，也會不想再跟人界軍扯上關係。

「嗯……不好意思，我得先跟同伴商量一下。」

「這是當然。」

兩人分別回到各自陣營。

克拉蒂一回去便收到狂風暴雨般的質問，內容不外乎「他們是誰？」、「那些人是怎麼回事？」、「他們爲什麼會在這裡？」之類的事，雖然用字稍有變化，但總之就是那樣的東西。

克拉蒂簡單解釋智骨等人的來歷，以及她對智骨等人提出的請求。

「等等，那種來歷不明的傢伙可以信任嗎？」

提出異議的是拉蒙，克拉蒂不滿地瞪了他一眼。就是這個自以爲是的傢伙，把大家害到這種地步，現在竟然還有臉質疑別人？克拉蒂懷疑這傢伙知不知道「羞恥心」這幾個字怎麼寫。

「他們曾經救過我！而且也救過第一防線的諸多將士！」

「所以呢？這改變不了他們很可疑的事實。」

「哪裡可疑了！」

「只穿著一條內褲在這種地方到處亂晃的傢伙，哪裡不可疑了？」

克拉蒂無法反駁。老實說，她也很想問智骨爲什麼要做這種事。

「……可能是一種鍛鍊方式吧，詳情我也不清楚。」

「算了吧，與其拜託那些傢伙，還不如靠我們自己。只要有這個，就算路上遇到魔界軍也不用怕。」

拉蒙舉起左手晃了晃，讓大家看見自己的臂環。

雖然看不慣拉蒙的得意嘴臉，但這個意見還是獲得多數人的贊同。眾人眼下處境惡劣至極，實在無法再承擔更多風險。就連最討厭拉蒙的波魯多，也不得不承認這個膚淺同胞的話有道理。

「請等一下。」

就在這時，莫拉提出了異議。

「炎金大人，我不是要質疑您，只是那個東西……還能用幾次？」

眾人聞言不禁一愣，就連拉蒙也呆住了。

「這麼厲害的魔法道具，有可能無限次使用嗎？它的能量來源是什麼？還有，您能控制它的跳躍方向嗎？我覺得我們好像離第一防線更遠了。」

這些問題拉蒙一個也答不出來，只見他嘴巴一開一合、似乎想說些什麼，卻始終沒有發出聲音。

「請別忘了，還有水跟食物的問題。」

克拉蒂也跟著說道。

他們的行李早在逃亡中遺失了，如今身上除了武器什麼都沒有。就算克拉蒂與莫拉是森林之子，也很難收集到足以讓九個人使用的分量。

被克拉蒂這麼提醒，眾人頓時覺得口渴不已。先前為了逃命，身體對水分的需求被緊張感強行壓抑，如今危機解除，那股欲望便成倍爆發出來。

眾人沉默不語，阿提莫見狀深深嘆了一口氣。

「……看來只能跟那些修行者求援了。」

調查隊商量對策的同時，智骨一行人也在研究接下來該怎麼辦。

「還是幹掉吧？省得麻煩。」

「乾脆放他們走怎麼樣？這幾天吃得很差，我不想再浪費體力了。」

「要不要丟硬幣，讓魔神來決定啡？」

三人意見不一樣，但基本上已把可行的選項都囊括進去。智骨雙手抱胸思考了一會兒，然後搖了搖頭。

「我覺得可以答應他們。」

「欸——？」

「爲什麼？」

「你很閒啡？」

果不其然，智骨的提案引來三人的抗議，於是智骨舉起右手，伸出三根指頭。

「理由有三個。首先，就算動手，我們恐怕沒辦法殺死他們全部的人。」

三人聽了面露不解，智骨進一步解釋其中的原因。

「別忘了，他們剛才是怎麼出現的？他們突然從天而降，而我們事前沒有察覺到任何徵兆。他們大概是用了魔法或魔法道具吧。假如等一下打起來，他們又用同樣方式飛走，我們肯定追不上他們，而且也會暴露身分，太不划算了。」

三人恍然大悟，智骨繼續說明第二個原因。

「其次，機會難得，我想從他們身上挖出更多情報。那些人似乎是人界軍的大人物，肯定知道很多軍事機密，只要挖出一點消息，這份功勞絕對比單純殺死敵人要大。」

三人用力點頭，智骨繼續說明第三個原因。

「最後，我們可以在外面待得更久……」

智骨還沒把話說完，其餘三人立刻雙眼放光，同時智商瞬間暴增。

「光明正大地蹺班！」

「帶薪休假啡！」

「不用工作！」

克勞德、菲利與金風精神大振，他們背後彷彿燃起熊熊火焰，氣勢變得完全不同。

「沒錯，只要開啓百魔之眼，就可以證明我們一直在執行任務，絕對沒有偷懶。這跟我們之前潛入人界軍要塞的任務不一樣，沒有限定時間，所以——」

「不用再說了，智骨！我支持你！」

「不能跟女朋友約會雖然可惜，但這是必要的犧牲！」

「帶薪休假啡！帶薪休假啡！帶薪休假啡——！」

眼見同僚們變得如此聰慧，智骨欣慰地點了點頭。

事實上，智骨剛才提出的三個理由，只有第三個才是眞正的重點。他已經受夠接待觀察團這個任務了，事情多，壓力大，沒有津貼，沒有獎金，一點好處也沒有。就算能在上級心中留下好印象又怎樣？可以記功又怎樣？他一個被人用黑幕手法硬推上去的小小骷髏，能升到上尉已經是極限了，想晉升爲校級，只能慢慢累積年資。

沒錯，我現在需要的不是功勞，而是平穩度日！

智骨輕握拳頭，堅定地在心中喊道。

觀察團不可能在正義之怒要塞待太久，只要他一直在外面打混，接待工作自然會交給別人。這種轉嫁責任的好機會，自己豈能錯過？

「各位，既然大家都同意這個點子，那麼我們接下來的行動就要更加小心。」

眼見三人似乎有過度興奮的跡象，智骨覺得有必要勸誡他們一下。

「啊啊，放心，我們知道該怎麼做。」

「不就是僞裝成人類嗎？放心吧。經過我的臨時補習，你們的僞裝能力肯定大增，絕對不會露出破綻。」

「帶薪休假啡！帶薪休假啡！帶薪休假啡！帶薪休假啡！帶薪休假啡——！」

這些傢伙眞的沒問題嗎？看著手舞足蹈的同僚，智骨心中不禁生起一股淡淡憂慮。

只是智骨並不知道，調查隊眾人對他們也是抱著同樣想法。

「嗚哇……他們在跳舞耶？」

「誰可以告訴我，他們究竟在高興什麼？」

「別問我。我是矮人，不懂人類在想什麼。」

「我是人類，但我也不懂這些傢伙在想什麼。」

四個只穿內褲的男人突然開始跳舞——無論從哪個角度看，都是令人不忍直視的驚悚畫面。

「那個，眞的要拜託他們帶我們回去嗎？」

「我現在不覺得他們可疑了，但我懷疑他們腦袋有問題……」

「我也懷疑……不，老實說吧，我覺得他們是笨蛋。」

調查隊眾人的心情極爲矛盾，這幾個修行者的表現太過愚蠢，一看就知道很好對付。對於這個發現，他們既高興又煩惱。高興的地方在於，他們可以利用智商上的優勢好好操控對方；煩惱的地方在於，要是對方笨到了難以操控的程度，他們又該怎麼辦？

就這樣，雙方各自懷抱著不可告人的心思合作了……

晚霞將天空一隅染上了絢爛色彩，再過不久，陽光將會從地表上消失，把世界拖入繁星與明月的領域。

雖然太陽仍未消失，但第一防線的諸多哨點已燃起篝火，一些特別重要的哨點甚至使用魔法道具進行照明。這種名爲「舞光」的魔法道具作用只有一個，那就是發光，儘管功能單一，但在權貴人士之間相當受歡迎，軍隊也把它視爲重要的戰爭物資。

第一防線能用上「舞光」的地方並不多，迎賓館正是其中之一。

「炎金卿他們還沒回來？」

接到部下的報告後，調查隊團長艾尼賽斯．月實忍不住皺起眉頭。

與艾尼賽斯同桌的還有獸人浩瀚．潮光與侏儒亞沙，此時兩人也放下手中茶杯，表情有些詫異。

「這麼晚還不回來，難道他們發現了什麼線索？」

「那也該派人說一下吧……最後一次定時聯絡是什麼時候？」

浩瀚轉頭問道，答案是兩小時前。

當初拉蒙帶隊出發時，艾尼賽斯要求他們每隔兩小時必須派人聯絡一次，現在剛好卡在時限之上。

「……再等一下，如果半小時後還沒聯絡，就通知熾刃指揮官，請他派人去找。」

艾尼賽斯的決定沒什麼問題，負責聯絡的士兵有可能途中因爲一些意外而耽擱，這並不是什麼稀奇事，因此浩潮與亞沙沒有異議。

「不過這可眞讓人頭痛啊。要是炎金卿再這樣任性下去，我們也會很難做。月實卿，你能想想辦法嗎？」

等士兵退出房間，浩瀚立刻開口抱怨，艾尼賽斯搖頭。

「很難，炎金卿是個意志堅定的矮人。」

「你想說那個傢伙是個不聽人勸、自以爲是、又蠢又呆、全身上下除了家世毫無優點的矮人對吧？」

「……潮光卿，我明明是在稱讚炎金卿，爲什麼你可以把我的話曲解到這種地步？」

「算了吧，那傢伙是什麼德性大家都清楚。你們必須給他背後的炎金一族面子，我不用。要不是擔心引發外交事件，我早就揍他了。」

浩瀚冷哼一聲，艾尼賽斯與亞沙聞言只能苦笑。

人界五國之間的貿易往來已有數百年歷史，稀有礦產是矮人之國的主要輸出品之一，炎金一族在這個領域佔有極大話語權。艾尼賽斯與亞沙必須保護本國貴族與商人的利益，因此對於拉蒙這位未來的炎金族長——表面上他繼任族長的機率最高——他們不敢太過得罪。

浩瀚則不同，獸人之國裡當然不乏與炎金一族有利益牽扯的獸人，但以武官集團居多，要是兩國之間的稀有礦產交易出現波折，對他所屬的文官集團反而是好事。

「哎，我能體會潮光卿的想法，不過那種有失體面的事還是想想就好。魔界軍的威脅近在眼前，現在可不是內鬨的時候。對了，關於復仇之劍要塞的事，兩位有什麼看法？」

亞沙油滑地帶過關於教訓拉蒙的事，並且順勢開啟新話題。

「有什麼看法？查到什麼，照實往上報就是了。」

浩瀚一臉無所謂地說道。

「沙勒多倫爾斯卿指的是什麼？」

艾尼賽斯則是面帶困惑地反問。

聽到獸人與精靈的回答，侏儒臉上的笑容變得更深了。

「兩位，復仇之劍要塞落成在即，復仇之劍軍事委員會日後勢必要重組。我們難道不該早點在人選方面建立共識，好對付魔界軍嗎？我相信兩位在離開本國之前，一定也有收到類似的指示。」

現今的復仇之劍軍事委員會，最主要的任務就是想辦法蓋好要塞。這並不是什麼好差事，要一邊抵擋魔界軍的攻擊，一邊建造能容納十萬人的巨大要塞，難度簡直高得突破天際。

復仇之劍要塞的建造事關重大，理論上，其軍事委員會應該聚集了人界五國最優秀的人才。但事實上呢？神聖黎明派出了只懂得藝術的王族；火圖派出了被各方派系排擠的矮人；世界樹派出了年輕的精靈千金；巴爾哈洛巴列哈斯派出了名不見經傳的侏儒。唯獨卡蘇曼最重視此事，派出了國內僅有的三名劍聖之一。

之所以會出現這種情況，原因有二。

第一個原因在於，人界軍戰力嚴重弱化。

自第二次兩界大戰以來，總共爆發過三次戰役——突入魔界之戰、正義之怒要塞防衛戰，以及正義之怒要塞奪回戰。遺憾的是，這三次戰役都以人界軍的失敗告終。

連續三次高強度戰爭，令人界軍喪失了大批高階將領與精銳士兵。雖然人界的戰爭資源依舊充足，但重新整備戰力需大量時間。老兵要救治、新兵要訓練、武器要打造、物資要集結……這些絕非一朝一夕就能完成。

正因那些名將不是戰死就是負傷，各國人力資源出現巨大缺口，所以才會把缺乏經驗的雛鳥派來前線。

第二個原因在於，人界五國彼此防備。

不同於當初的第一次兩界大戰，這次人界是主動發起進攻的一方，人界五國攜手簽訂盟約時，也不忘防備盟友的背刺。要是我國把所有軍隊派往前線，結果他國突然進攻，那時又該怎麼辦？

正是爲了防備這種情況，人界五國均沒有派出高階戰力。那些十三級以上的魔法師不是剛好閉關修練，就是不慎受傷或失蹤。即使是戰況失利的現在，人界五國依舊互相提防，不願把自家的高階戰力派往前線。

高階魔法師是一人足以匹敵一軍的存在，要是某個國家讓五個高階魔法師坐鎮大後方，其他國家自然也會讓同等數量，甚至更多的高階魔法師留守本國。

就這點來看，卡蘇曼或許是最有誠意的國家，但也可能是獸人的個性本來就不太在意這種事。要是友軍背盟，那就回頭吃掉對方，大局什麼的管他去死！獸人就是如此直來直往，這種粗獷的風格有時反而可以震懾潛在的敵人。

復仇之劍軍事委員會就是在這種窘境下勉強拼湊的東西，事實上很多人都不認爲要塞眞能建造成功，他們只希望這個軍事委員會盡量拖延魔界軍，好爲後方爭取整頓軍備的時間。說得難聽一點，它就是一個棄子。

然而接下來的事態卻跌破了大家的眼鏡。

魔界軍竟然按兵不動了！

復仇之劍軍事委員會趁此機會把所有力量全集中在建築工事上，雖然中間也曾鬧過多次是否該出兵進攻魔界軍的分歧，但最後工程進度還是達到預期中的目標，如今復仇之劍要塞已完成百分之七十，最艱困的時期已經過去。

於是，後方的一些大人物們開始蠢蠢欲動。

他們打算把軍事委員會的成員換成自己人，笑納建造要塞的功績。反正要塞一旦落成，最後還是得讓擅長打仗的將領接管，既然結果都是要換人，爲什麼不早點換呢？這就是他們的想法。

「原來如此。你背後的傢伙沒把握對付競爭者，所以想借用我們的力量。」

浩瀚一邊撫摸下巴，一邊用理解的口氣說道。

想搶奪軍事委員之位的侏儒派系不只一個，亞沙是其中某個派系的代表，企圖利用其他國家的推薦與施壓，把自家人拱上去。

「不，我們有成功的信心，但勝算這種東西沒人會嫌多。」

「哈哈，眞的是這樣嗎？那就當作是這樣吧。」

浩瀚說完便閉上嘴巴什麼也不說，只面帶微笑地看著亞沙，令人摸不清態度。

「月實卿又是怎麼想的呢？我覺得結盟對我們雙方都有好處。」

「您的意思我了解，但現在說這些似乎還太早了。」

「不不，一點也不早。俗話說得好，金幣不會掉進沒打開的口袋。」

「眞是一句好話，可是在打開口袋之前，是不是該觀察一下環境呢？有時候，口袋不是打開得越早越好。」

「當然，我們觀察得很仔細，現在正是打開口袋的時候！」

艾尼賽斯明顯對結盟沒有興趣，證據就是，他甚至連亞沙背後究竟站了什麼人都沒有問。然而亞沙故意裝作聽不懂，只是一直糾纏對方，那副模樣簡直就像是爲了把東西賣出去而拚命拉著路人不放的推銷員，絲毫沒有一國使節該有的氣度。

浩瀚見到這一幕，臉上的笑容由原先的玩味變成了諷刺。他看出來了，亞沙眞正的目標其實是艾尼賽斯。跟能夠驅使十三級魔法師的精靈大貴族比起來，他背後的獸人文官派閥算不了什麼。

不過無所謂，浩瀚本人與他背後的派閥從一開始就對復仇之劍軍事委員會沒什麼想法，如果亞沙熱情相待，他反而會覺得困擾。

不過……這就是現在的人界軍嗎……

看著眼前不斷賣弄口舌的侏儒，一種難以言喻的失望感湧上浩瀚心頭。

短視又魯莽地主動挑起戰火，明明損失慘重卻又不肯記取教訓，只會繼續在檯面下大玩爭權奪利的遊戲，視那些在前線流血的軍人於無物，如今的人界五國高層，淨是這種不負責任的傢伙。

就連我國也一樣……整天只會喊打仗、喊殺敵、喊勇氣、喊榮譽……他們以爲戰爭是那麼簡單的事嗎？沒有好處的戰爭，只會讓國家慢性死亡啊！

在浩瀚看來，卡蘇曼大概是人界諸國中最認眞對待這場戰役的國家了，但那種認眞卻是愚昧的認眞。浩瀚不反對戰鬥，但他討厭無益、無意義、無價值的戰鬥——沒錯，就如同眼前的戰爭。

就在獸人陷入批判性思考、精靈被侏儒搞得不耐煩時，房門突然被人敲響了。敲門的人是先前的士兵，他來報告已經過了半小時，但出外的調查隊依舊沒有消息。

「沙勒多倫爾斯卿、潮光卿，情況不對勁。麻煩你們兩位去請熾刃指揮官派出搜查隊，我也會用魔法尋找他們的行蹤。」

艾尼賽斯一邊表情嚴肅地說道，一邊偷偷鬆了口氣。侏儒實在是太煩人了，他差點就把對方扔出窗外。

「月實卿，您沒必要出手，搜索的事情交給下面的人就好。」

亞沙仍不肯放棄，那對閃閃發光的眼神彷彿正訴說著「讓我們繼續好好聊聊嘛」。

「不，身爲團長，我有義務讓隊伍裡的每一個人平安返國。何況現在太陽已經下山，嚴重影響士兵的搜索效率。有我幫忙，會比較快找到人。」

艾尼賽斯說完便急匆匆地出門。浩瀚與亞沙彼此對看了一眼，然後兩人同時掛起虛僞的微笑，說完幾句「眞令人擔心」、「希望他們沒事」之類的廢話後，一起前去拜訪指揮官。

太陽墜入地平線的那一刻，人界軍前線的樹林裡升起了裊裊炊煙。

正在進行野炊的是智骨一行人，由於夜晚不利行動，再加上眾人體力已瀕臨極限，所以他們決定就地紮營。

聽到可以休息，除了身爲森林之子的克拉蒂與莫拉，調查隊的人幾乎第一時間全數癱坐在地，於是紮營的工作自然落到了智骨四人身上，克拉蒂與莫拉則是負責警戒。

拔草、搭木柴、生營火、搭帳篷、架鍋子，整個過程流暢順利。過沒多久，智骨便做好晚餐，鍋裡的湯發出誘人的香氣，原本已累到完全不想動的調查隊一行人，紛紛拖著疲憊的腳步靠近鍋子。

鍋裡的湯呈現清澈的金黃色，裡面明明沒有任何食材，香味卻濃郁得不可思議，就連在外圍警戒的克拉蒂與莫拉都忍不住頻頻回頭望向鍋子。食物則是賣相不佳的硬麵包與肉乾，不過沒人有怨言。現在可不是抱怨的時候，補充體力才是首要之事。

等著吃飯的調查隊高達七人之多，幸好智骨有備用的木碗，眾人不須輪換也有餐具可用。

「請用。我們的存糧跟水都不多了，所以沒辦法讓大家吃飽，請見諒。」

智骨一邊爲眾人盛湯一邊說道，調查隊眾人紛紛表示他們不介意。

「你太客氣了。這種情況下還能吃到熱食，已經是神明保庇了。」

「這鍋湯好香啊，怎麼煮的？」

「厲害，我家大廚都煮不出這麼香的味道。」

「閃耀者在上，我開動了！」

「至高的太天啊，感謝您的恩賜！」

調查隊眾人先是稱讚智骨的手藝，然後迫不及待地低頭喝湯。

「「「「「噗——！」」」」」

七個人同時噴了出來。

「嗚哦啊啊咿耶——！」

「啊呃哦哦——？」

「咕哇啊沙啦呀——！」

噴完口中的湯後，有人發出莫名其妙的怪叫，有人躺在地上打滾，有人不斷乾嘔，見到眾人的表現，一旁的克勞德、金風與菲利露出心有戚戚焉的表情。

是的，這鍋湯用了魔道軍團的特製調味料。

魔道軍團準備的特製調料不只一種，有的會讓食物散發迷人香氣，有的會讓食物綻放光芒，有的會讓食物改變顏色，但不論哪種，都有共同的特點——非常難吃！

察覺後方出現變故，克拉蒂與莫拉立刻趕了回來。

「怎、怎麼回事？」

克拉蒂訝異地看著眾人。

「他們下毒！」

莫拉立刻舉劍擺出了戰鬥架勢。

「喂喂喂，別亂講話。他們只是在喝湯。」

「大概是因爲不合口味吧。」

「浪費食物可不行啡。」

面對精靈們的質問，克勞德三人先是喝了一口湯，然後神色淡定地回答。他們的表現太過冷靜，令莫拉有些驚疑不定，不知該不該發動攻擊。

克拉蒂撿起地上的碗，她先是小心翼翼地聞了聞，接著用手指沾碗內剩湯舔了一小口，然後臉孔瞬間漲紅，用力往地上吐口水。

「二小姐！」

「呸——呸呸——我、我沒事，莫拉，呸，把、把劍收起來，呸。」

克拉蒂張開手掌示意莫拉不用緊張，等到嘴裡的味道稍微變淡之後，她才深吸一口氣，用不可思議的眼神看著智骨等人。

「你們喝這個？上次的湯明明不是這樣的！」

智骨等人再次喝了一口湯，然後神色淡定地回答克拉蒂。

「是新做法。」

「老是只加鹽，喝膩了。」

「偶爾也想換換口味。」

「野菜也不是那麼好找的啡。」

見克拉蒂似乎沒事，莫拉也暫時放下疑心走近鍋子，試了一口裡面的湯。下一秒，這位精靈青年便扼住自己的脖子拚命吐舌頭，同時雙眼充滿血絲，一副隨時可能當場暴斃的樣子。

「味道可能差了一點，可是很有營養。」

「不管好喝難喝，一旦口渴就什麼都得喝。」

「畢竟外面不比家裡，不能要求太多。」

「習慣了就好啡。」

智骨等人一邊鼓勵眾人，一邊吃飯喝湯。他們的表現實在太過平靜，令調查隊一行人不禁懷疑有問題的不是他們，而是自己。

「難道是用這種東西來鍛鍊意志嗎？這就是修行者……太厲害了……」

克拉蒂忍不住喃喃自語。她聲音不大，但很多人都聽到了。他們這些人從來沒見過

眞正的修行者，也缺乏這方面的知識，因此開始相信這鍋湯正是修行的一環。那種只能用荒謬至極來形容的味道，只有意志堅定如鐵的勇者才吃得下去。

「那個、智骨先生……我們不用修行，可不可以煮點正常的東西？就算只是熱開水也好。」

阿提莫提出要求後，其餘眾人連忙點頭附和。智骨露出爲難的表情。

「可以是可以，但我剛才有說我們的水已經不夠了。要是再煮一鍋，明天就沒水喝了。」

智骨一行人原本只帶了四人份的儲水，現在突然多了九個人，而且先前趕路時大家也喝了不少，如今他們的儲水幾乎見底。

眾人聽了全都臉色蒼白。他們不久前才體驗過沒水喝的痛苦，那種經歷太過可怕，他們實在不想再次嘗試。

「……不能用魔法想想辦法嗎？」

吉姆低聲問道，阿提莫搖頭。

「魔法做出來的水不能喝，會死人的。」

眞正的水包含各種元素，魔法製造出來的水則是水元素的凝結體，喝下魔法水，人體的元素平衡會立即遭到破壞，輕則生病，重則死亡。

「……沒辦法，只能喝了。」

「不過一碗湯而已，沒什麼好怕的。」

「沒錯。只是一碗湯而已！只是一碗湯！」

「……閃耀者啊，保佑我吧。」

就這樣，眾人一臉悲壯地吃起晚餐。雖然有人打定主意不喝湯，但硬麵包與肉乾實在太過難以下嚥，沒有配水根本吞不下去，最後還是不得不喝。

看著眾人痛苦的表情，智骨知道他應該在調味料測試報告上寫什麼評語了，那就是：「超越了世界的隔閡，無論魔族或人類都無法忍受的味道。」

令人掙扎的晚餐很快結束。

安排了守夜的輪班順序後，調查隊一行人終於迎來眞正的休息。他們雖然身體極度疲憊，但或許是精神上尚未脫離亢奮狀態，沒人願意閉上眼睛睡覺，全都在閒聊。

此時的克拉蒂已經卸下警戒工作，由於白天忙著趕路，大家根本沒有時間交談，因此她便趁著這個時候與智骨等人敘舊。

克拉蒂最想知道的，自然是智骨等人當初究竟如何脫險。

「那是一段非常驚險的逃亡，可是因爲腦袋裡只想著逃跑，所以很多細節都不記得了。等回過神來，我們已經甩掉了牠們。」——這是智骨的說法。

「爲了掩護大家，我獨自留下來斷後。當時我什麼也沒想，只是一直砍啊砍的，砍到眼前沒有敵人爲止，那時的我可眞是厲害！作爲紀念，我還特地寫了一首歌，歌名叫《咆哮吧，無畏的克勞德！》要聽嗎？」——這是克勞德的說法。

「當時大家都很慌亂，多虧有我的冷靜指揮，並且不斷鼓勵大家，最後總算擺脫那些傢伙。具體做法？我想想……『不想死就往前衝！』、『給我跑到尿失禁爲止！』、『就算尿失禁也不准停！』、『敢慢下來就等著變成糞便！』……大概就是這樣激勵他們的吧。」——這是金風的說法。

「雖然這麼說有點自誇的嫌疑，不過大家之所以能夠逃跑，完全是因爲我的機智、運氣與實力。細節？不，我是個謙虛的人，過去的就讓他過去吧，誇耀昔日的事蹟有何意義？人應該要向前看。」——這是菲利的說法。

四個人，四種陳述，而且無論哪一種都缺乏可信度，最後克拉蒂只好放棄。

「哎——正在追趕我們的，正好就是上次那些怪物，本來想借鑑一下你們的經驗……太遺憾了。」

「上次那些？」

智骨訝異反問，克拉蒂點了點頭。

「就是上次那些，有點像野豬又有點像老虎，強到不行的災獸……不，應該說是魔族。」

「魔、魔族？」

「啊啊，我原本以爲牠們是災獸，但看來是我搞錯了。災獸沒有制定戰術的智慧，能夠做出那樣的伏擊，牠們肯定是魔界軍！而且是新兵種！」

智骨四人彼此互望，他們的眼神充滿茫然。**上次那些怪物是魔界軍的新兵種？正義之怒要塞什麼時候來了生力軍？牠們有來超獸軍團打招呼嗎？**他們心中冒出種種疑問。

「那個……雪音小姐……」

「啊，叫我克拉蒂就好，也不用加敬稱。」

「那就恭敬不如從命了，克拉蒂。妳剛才說魔界軍……我們上次遇見的那種怪物？妳確定嗎？沒有搞錯？會不會是跟其他外表很像的魔族弄混了？」

「就是牠們沒錯！你說對吧，莫拉？」

克拉蒂轉頭看向坐在一旁休息的莫拉。莫拉皺著眉頭，像在忍耐什麼般點了點頭。

「這樣啊……不是災獸……是魔族……唔嗯，原來如此……」

「有什麼問題嗎？」

「不，沒有。只是覺得我們運氣眞好，遇到魔界軍竟然還能逃脫，哈哈哈。」

智骨沒有辯解怪物的身分，克勞德三人也是。人界軍把什麼東西誤認成魔界軍，對他們來說都無所謂。

就在這時，原本坐在火堆旁邊的波魯多突然站起，接著拿起斧頭開始亂揮，令所有人嚇了一跳。

「你幹嘛，波魯多？」

阿提莫訝異地問道。

「沒事！只是覺得靜不下來，想說乾脆活動一下身體！」

波魯多一邊揮舞斧頭一邊回答，不少人也看出來他正在演練某種斧技。

「喂，沒事不要浪費體力，等一下你還要守夜耶。」

「我知道！可是就是很想動一動！」

「你──」

「火鎚大人，我陪你！」

就在阿提莫準備進一步勸誡時，波魯多的隨從也突然從地上跳起，加入了演練斧技的行列，所有人不禁傻眼。

「你們……？」

阿提莫一臉錯愕，心想這位隨從難道是怕主人獨自演武太尷尬，所以跳出來陪他一起胡鬧？這會不會太忠心了？

「你們做什麼？別再丟臉了！停下來！停下來！」

拉蒙帶著一副受不了的表情跳出來，對著兩名矮人大喊。拉蒙的隨從也緊跟在後，他眼睛布滿血絲，雙手緊握斧頭，彷彿只要拉蒙一聲令下，就會立刻衝上去砍死這兩個矮人之恥。

「停！快停下來！再不停的話，我──」

拉蒙搶過隨從手中的斧頭，快步衝了過去。眾人見狀連忙站起來，想阻止他們自相殘殺。

「──我也要動一動啦！」

只見拉蒙喝喝哈哈地開始演武，他的隨從則是拔出腰間手斧，二話不說加入了演武行列。眾人保持著舉臂張手的姿勢，有如石像般呆立當場。

「你們到底在幹什麼啊？」

阿提莫一臉驚懼地大喊，同時腦中閃過各種令矮人們發狂的可能性。中毒？詛咒？玩笑？心理壓力？無論哪一種都難以解釋現狀。

「不知道！就是很想動一動！你不想嗎，阿提莫？你們都不想嗎？」

「當然不想！我──咦……？」

阿提莫聲音戛然而止，因爲他發現自己竟然有了想要加入他們的衝動。其他人的臉色也變了，他們跟阿提莫一樣，內心深處湧起一股活動身體的欲望。

「唔哦哦哦……怎麼回事……胸口的這股熱流……？」

「冷靜……該死，冷靜不下來啊啊啊啊啊！」

「哈啊——！我、我也要動一動！」

有人在忍耐，有人忍耐不住，原本安靜的營地變得極爲熱鬧。

克拉蒂也覺得身體發熱，想要活動一下身體，但那股欲望並不強烈。她一直以爲這只是自己精神過於亢奮之故，然而眾人的瘋狂行爲讓她驚覺此事絕不單純。

克拉蒂看向莫拉，發現後者正跪在地上，用雙臂緊緊環抱自己，看起來像是在忍耐什麼，即使叫他的名字也沒有回應。

就在這時，她發現智骨四人依舊端坐在地，而且正一臉驚訝地看著眾人。

「智骨，你們沒事嗎？」

「嗯？是的，我沒事。」

「沒有覺得身體發熱，精神變得很好，想要站起來活動一下嗎？」

「不，完全沒有。你們呢？」

智骨轉頭詢問克勞德三人，他們一起搖頭。

「發熱不至於，不過一點都不覺得冷耶。」

「不太想睡倒是眞的。」

「可是要睡還是睡得著啡。」

「所以你們也有感覺，只是情況很輕微……智骨完全沒事……爲什麼？到底是怎麼回事？」

克拉蒂皺眉苦思，但完全想不出理由。

「嗯……我大概知道原因了。」

智骨突然說道，眾人的視線立刻落到他身上。

「是那鍋湯。因爲太有營養了，他們的身體沒辦法立刻吸收，才會本能地想要活動身體，好消耗多餘養分。我們已經習慣了，所以才沒事。」

「欸……？」

克拉蒂張大嘴，克勞德三人也都瞪大了雙眼。

「等等，智骨，你是說湯裡有毒？」

克勞德問道，智骨搖頭。

「不是毒，是營養。你們不是覺得身體狀況很好，精神也很旺盛嗎？這就是那鍋湯的效果。若要比喻，就像喝了興奮劑一樣，不過這鍋湯比興奮劑厲害多了。興奮劑只能提神，這鍋湯連體力都能一併回復，否則他們絕對沒辦法這麼激烈地運動。」

智骨覺得自己的推測應該沒錯，因爲眼前這些人讓他想起了當初那位瘋馬酒館的店長。恐怕那個調味料裡有添加魔界治療藥水，或是與魔界治療藥水類似的成分吧？

「理論上喝得越多，狀況越嚴重。妳應該沒喝多少吧？」

「那個，因爲不習慣那股味道，我只喝了兩口……所以，現在該怎麼辦？」

「只能等他們把多餘體力消耗掉了。」

「那要多久？警戒的工作又該怎麼辦？」

克拉蒂指著那些正在演武的人，其中兩人原本應該負責這一班的警戒工作，不知爲何竟然也跑回來一起演武。

「我來警戒，剛好有幾個魔法可以派上用場。至於多久才能消除多餘體力，要看他們運動的激烈程度……」

「這件事就交給我吧！」

克勞德突然站了起來，並且一邊對大家豎起大拇指，一邊露出爽朗笑容。

「我家鄉的遊戲非常激烈，而且用不到武器，非常安全，最適合用來應付眼前的情況！金風！菲利！」

「哦哦，了解！」

「輪到我們登場了啡！」

智骨還來不及阻止，克勞德三人已唰啦一聲脫掉衣服，露出了精壯結實的肉體。當然他們沒有全脫，身上至少還留著一件內褲。

「喂，等——」

「上吧，菲利，金風！」

「哦哦，交給我吧！」

「吾友啊，一起奔馳啡！」

克勞德三人分別擺出不同姿勢，完美展現了一番自身的壯碩體魄，接著他們拋下捂臉的智骨與嘴巴張大到幾乎合不起來的克拉蒂，充滿氣勢地奔向眾人。首當其衝的，自然是距離他們最近的莫拉。

「你們要做什麼？住手啊啊啊啊啊——！」

無視身後傳來的慘叫，智骨面無表情地走入樹林。接下來究竟會發生什麼事？他完全不想知道，也不想看。

「——所以說，將來我必定是火圖的中流砥柱。拉蒙・炎金這個名字將會綻放出前所未有的光芒，引導矮人走向強大的道路！」

「原來如此，真了不起。」

「拉蒙・炎金嗎？一聽就是充滿英雄之氣、令人印象深刻的名字。」

「我已經可以想像，炎金一族在您的帶領下不斷壯大的景象了。」

「有了炎金大人，矮人的未來肯定無比輝煌啡！」

深夜時分，一堆人坐在火堆旁邊閒聊——要形容得更精確一點，那就是有四個人類正賣力吹捧某個矮人。

「呵呵，過獎了。你們也不錯，以後要是想出人頭地，可以去火圖找我。就給你們家族親衛隊的位子吧。一般來說，人類不可能擔任的，不過你們是例外。」

拉蒙一邊撫摸鬍子，一邊高興地對智骨四人說道。

矮人貴族有著組建親衛隊的傳統，他們的地位與待遇高過一般家族士兵，只聽從族長的命令行事，也只有族長才有資格建立。拉蒙願意開出這樣的條件，可見他有多欣賞智骨四人。

然而身爲矮人的拉蒙，爲什麼會對身爲人類——至少外表看起來如此——的智骨等人另眼相看呢？

一切要從兩個小時前說起。

爲了阻止調查隊一行人的躁動欲望，克勞德、金風與菲利決定挺身而出，以牛頭人家鄉的傳統遊戲消耗眾人體力。

那是一場無法用言語形容的激烈戰鬥。人類、精靈、矮人，三個種族，多人混戰，當人類架住精靈的肩膀時，矮人抱住人類的腰；當精靈抓緊矮人的手臂時，人類拉開精靈的腿；當矮人猛推人類的膝蓋時，精靈拉扯矮人的鬍子。

大家完全忘記自己身處險境的事，只顧著與周遭的人肢體糾纏。身上的衣服在不知不覺被扯掉了，渾身上下只剩一條內褲，最後甚至連內褲也沒了。

眾人並沒有因爲克勞德三人亂入而生氣，反而心情變得更加愉快。在特製調味料的副作用下，他們就像是吸食了什麼危險的東西一樣，變得精神恍惚，理性逐漸被侵蝕，最後的結局便是大家一邊狂笑一邊互相搶奪內褲。

沒有人可以脫逃，無論是自恃冷靜的莫拉，或是重視貴族儀態的吉姆，全都像小孩子般以搶奪別人內褲爲樂。大家在地上打滾、拉扯、糾纏、大笑，那樣的畫面實在令人無法直視。躲到樹上的克拉蒂看著這一幕，覺得自己好像目擊了某種邪惡的宗教儀式。

經過長達兩小時的玩鬧，眾人總算消耗掉多餘體力，理智也慢慢恢復正常。有人不愉快，也有人覺得有趣，拉蒙顯然屬於後者。至於那些不高興的人也無法指責智骨等人，畢竟他們不只體力恢復了，連傷勢也有所減輕，唯一損失的只有自尊。

清醒之後，拉蒙高興地拉著克勞德等人聊天，似乎對剛才的體驗非常滿意。根據智骨的觀察，拉蒙的表現跟當初注射魔界治療藥水的克勞德三人很類似，有點藥物成癮的徵兆了。

聊天過程中，拉蒙刻意炫耀身分，智骨發現這是刺探情報的好機會，於是一邊開啓百魔之眼，一邊對同僚猛使眼色。

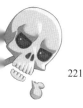

得益於金風之前的特訓，智骨等人的交涉技術有了顯著——至少他們如此認爲——的進步，於是才會有先前那番對話。

他們的話題從「拉蒙．炎金果然英明神武」，一路進展到「拉蒙．炎金肯定是矮人一族的絕世美男」，接著又延伸到「拉蒙．炎金的服裝品味前無古人後無來者」，幾經波折，最後總算指向「人界軍未來的軍事計畫」。

「那還用說？當然是聚集大軍，收復正義之怒要塞，然後反攻魔界！」

拉蒙豪氣萬丈地揮手說道，彷彿他就是人界軍的總指揮一樣。智骨等人發出「哦」的聲音，同時露出佩服的表情，令拉蒙的虛榮心獲得極大的滿足。

「大軍啊……有多大？一千人嗎？」

克勞德故意裝作沒見過世面的模樣，拉蒙聽了不禁嗤笑。

「一千？開什麼玩笑，是至少一百萬！而且這次會全力出擊，派出最精銳的部隊。」

「最精銳？難道以前派出的只是普通部隊？」

「當然。你以爲之前有多少高階魔法師參戰？我們火圖的火焰聖殿，十三主祭只派了兩個。世界樹的聖樹之心、神聖黎明的國立魔法學院、卡蘇曼的武神塔、巴爾哈洛巴列哈斯的命運之環，也都只去兩、三人而已。」

高階魔法師在戰場上能發揮的作用遠超一般人的想像，光是可以使用飛行魔法這一點，就足以令絕大部分軍隊頭痛萬分。更何況能夠晉升到高階的魔法師，多少都掌握一、兩個大規模殺傷魔法，一旦集結許多高階魔法師運用在戰場，必定對戰局起到決定性的影響。

正因爲魔法師的作用如此之大，魔界軍才會無視種族問題，特別成立一支以魔法師爲核心的部隊，也就是魔道軍團。

拉蒙不斷誇耀那些尚未參戰的高階魔法師有多麼厲害，彷彿只要他們加入，殲滅魔界軍只是時間問題。智骨等人聽得很認眞，拉蒙見狀說得更加高興，忍不住把這些高階魔法師的實力放大了好幾倍……

調查隊有些人仍未入睡，拉蒙的吹噓他們都聽見了。雖然覺得拉蒙說得太過誇張，但畢竟是在稱讚自己人，所以也就沒有制止。

就在拉蒙大肆吹牛時，剛好卸下守夜工作的克拉蒂走到了莫拉旁邊。

此時的莫拉正抱著雙腿蹲坐在地，表情滿是空虛。

「……你還好吧？」

克拉蒂一臉關切地問道，莫拉毫無反應。

「……呃……其實你不用太在意，反正大家都是男生嘛。」

莫拉依舊毫無反應。

「那個，你看其他人也沒覺得怎樣啊？大家看起來都好好的。只是被脫內褲而已嘛。」

莫拉身體微微顫抖了一下，表情依舊空虛。

「在軍隊裡，大家不是會一起洗澡嗎？在別人面前裸體什麼的，你不是應該已經習慣了嗎？」

莫拉保持著空虛的表情，雙眼流下安靜的淚水。

「哇啊啊啊啊啊！別哭！不要哭啦！這樣一點也不像你！」

克拉蒂慌張地擺手，不知道該如何安慰對方。

就在這時，一道尖銳的哨音突然劃破夜色。原本睡著的人全驚醒過來，仍醒著的人則是第一時間拿起了武器。

「來了──！牠們追來了──！」

伴隨著驚慌的叫喊，負責守夜的人從樹叢裡衝了出來。所有人都繃緊身體，他們終究還是遇到最不希望遇到的場景。

「別慌！有幾隻？」

阿提莫用顫抖的聲音大喊。

「有──」

守夜者還沒說完，一根尖銳的獠牙便從背部貫穿他的胸口。

守夜者的雙眼翻白，手腳下垂，就這樣簡單地死了。因爲掛在獠牙上，他那失去力氣的身體依舊懸在空中，乍看之下有如鬼魂。

下一秒，守夜者的屍體被狠狠甩飛，露出了後方的怪物。

一隻、兩隻……總計三隻怪物從樹叢中走了出來。眾人見狀紛紛倒吸一口冷氣。

「後面也有！」

克拉蒂突然大喊，眾人急忙轉頭，見到另一頭怪物從旁邊樹叢走出，牠的獠牙上沾著大量新鮮血跡，顯然那個方向的守夜者已經罹難。

「這、這邊也有！」

吉姆牙齒打顫地喊道，從他的視線望去，可以看到有一頭怪物正站在月光造成的陰影之中。

被伏擊了！眾人心中生起深沉的絕望感。

「炎金卿！那個魔法道具！快點用！」

吉姆喊出了眾人心聲，然而拉蒙卻用一副快要哭出來的表情猛力搖頭。

「晚上、晚上不行！它只能在白天啓動！」

眾人臉孔瞬間失去血色。

那也是當然，能夠帶上大量生命體進行遠距離跳躍，而且還能尋找合適的降落地點，這麼厲害的魔法道具不可能沒有任何使用限制。眾人對隱瞞情報的拉蒙感到憤怒，但現在他們也沒心情指責拉蒙了。

「星──雪音小姐，妳和妳的護衛先走。」

阿提莫咬牙說道，眾人錯愕地望向他。

「你們是精靈，應該逃得出去吧？請把這些傢伙的情報帶回去，我幫妳擋住牠們。

就算是死，我阿提莫・梵・薩米卡隆也要死得有價值。」

阿提莫的決心震懾了眾人，數個呼吸後，波魯多突然哈哈大笑。

「說得好！與其倒在自己人的刀下，我寧願死在戰場上！我，波魯多・火鎚，今天就陪你一起赴死！」

波魯多舉起斧頭喊道，雙眼中的恐懼已不復見，取而代之的是熊熊燃燒的鬥志。

「……沒想到這裡會是我的葬身之地，世事果眞難料。」

吉姆長嘆一聲，然後挺劍擺好架勢，他的雙手已不再顫抖。

「你、你們這些蠢蛋在說什麼？妳！還有你！精靈！帶我走！帶我逃走！只要能回去，我會給你們一輩子用不完的賞賜！以炎金之名，還有閃耀者之名起誓！我、我是矮人未來的支柱，絕對不能死在這裡！」

拉蒙哭喪著臉大吼，並且迅速抱住克拉蒂的右腿。

「請放開！你這樣我沒辦法戰鬥！」

「不放！除非帶我走，否則絕對不放！」

吉姆實在看不下去拉蒙的行爲，忍不住大聲斥責。

「炎金卿，太難看了，你這樣只會讓炎金之名蒙羞！」

「給我閉嘴！我跟你們這些死了也不可惜的蠢蛋不一樣！只有我活著，矮人才能掌握榮耀！我——」

就在這時，阿提莫打斷了拉蒙的自我膨脹。

「來了——！」

彷彿事先約定好一般，五隻怪物同時發起攻擊。眾人只好撇下克拉蒂與拉蒙，抱著必死的覺悟迎接這一戰。

然後——正在奔跑的怪物們突然全部失去平衡！

從三個方向同時發起的攻勢瞬間崩潰，就在這時，有三道人影衝了上去。

來自右方的怪物，被菲利以一記上段踢踢斷頸骨。

來自左方的怪物，被金風的長劍用直刺從眼睛貫穿腦袋。

來自正面的三隻怪物，被克勞德的斧頭連續橫掃斬掉首級。

轉眼間，五隻怪物便橫屍當場。至於令牠們失去平衡的凶手正是智骨，他剛才用魔法在怪物前方布下坑洞，爲克勞德等人製造了絕佳的攻擊機會。就如同先前克拉蒂用地沼術對付怪物一樣，只是智骨將時機把握得更加巧妙與精準，加上克勞德等人足夠強悍，才能一口氣解決這些怪物。

調查隊眾人呆愣地看著這一幕，以爲自己看到了幻覺。最先恢復正常的是克拉蒂，她早就知道智骨等人實力非凡，因此很快接受了眼前現實。

「太厲害了！你剛剛用的是什麼魔法？」

「是挖掘術。我只在牠們前方挖了洞，讓牠們跌倒而已。」

「同時挖三個？等一下，挖掘術可以鎖定多重目標？」

「當然可以。不是也有連環火球或連環閃電的魔法嗎？」

「有是有，可是單一與多重結構的基礎術式根本不一樣……連環挖掘術的術式當然也……你……這個該不會是你自創的吧？」

智骨點點頭，克拉蒂頓時無言以對。

連發火球的魔法級別當然比一般火球更高，但因爲它威力更大，所以才有人願意投入時間與精力開發相關術式，可是研究連續挖掘術有什麼用？把洞挖得更快更好嗎？

克拉蒂不知道自己猜對了，連環挖掘術正是爲了挖洞而開發的魔法，而且創造者並非智骨，是魔道軍團。那些傢伙為了騙取研究經費，什麼都願意嘗試，因此魔界軍擁有很多在外人看來極為奇葩的魔法。

當初夏蘭朵製造智骨時，因為懶得一一挑選，所以把她知道的魔法術式全部灌進智骨靈魂裡。乍聽之下似乎很厲害，但受限於本身的魔力與元素適性，智骨能用的魔法只有其中一小部分。

「好強！竟然一擊就打倒牠們！」

「你們的力氣比獸人還大吧？」

「不可思議！你們是怎麼鍛鍊的？」

這時調查隊的其他人也回過神來，極力稱讚智骨等人。他們曾看過調查報告，只知道智骨等人實力不俗，沒想到竟會「不俗」到這種程度。

「謝謝誇獎，不過其他怪物很可能也會追過來，我們必須立刻轉移。」

智骨嚴肅說道，眾人這才想起他們還沒脫離險境。若大批怪物一擁而上，哪怕智骨等人再強，也很難保住他們的性命。

於是眾人匆匆收拾行李，連夜踏上逃亡之路。

今晚的月亮十分明亮，不過茂密的樹木擋住了大部分月光，因此樹林裡依然幽暗。克拉蒂、莫拉與阿提莫喚出了魔法光，令眾人得以在夜間趕路。魔法光的光芒在樹林裡極爲顯眼，但事到如今沒辦法顧慮這麼多了。

此時兩位精靈在隊伍前方帶路，其他人位於中間，智骨四人則在最後方。

「話說，我們幹嘛要保護他們啡？」

菲利輕聲問道，克勞德與金風在一旁無聲點頭。

「當然是爲了情報。我們剛才不就打聽到重要消息了嗎？」

智骨輕聲回答，順便向同僚投出一個「這還用問？」的眼神。

「剛才那些還不夠嗎？我覺得我們已經打聽到很多了啡。」

「不夠。」

智骨毫不猶豫地說道。

「人界軍將集結大軍反攻、人界軍還有隱藏的高端戰力……這些都是我軍早就預測到的事情，沒有太大意義。但如果我們能打聽到那些高端戰力的特長或弱點，肯定是大功一件。」

「原來如此啡，所以要救他們，取得他們的信任啡。」

「沒錯。那個叫拉蒙．炎金的矮人是絕佳情報來源，其他人死掉沒關係，但那傢伙一定要保住。」

「「「哦……」」」

三人微微點頭，聲音聽起來沒什麼幹勁。

「除了記功，搞不好還有獎金或休假。」

「「「哦──」」」

三人用力點頭，音量稍微拉高了些。

「在外面打聽情報，就可以名正言順地蹺班了。」

「「「哦哦哦哦哦哦哦！」」」

三人重重點頭，表情充滿鬥志。

獎金或休假雖好，卻是不一定能實現的東西，相較之下，還是蹺班這種觸手可及的事物更有魅力。

走在隊伍最前頭的精靈也聽見來自後方的打氣聲，克拉蒂欣慰地對莫拉說道：

「他們好像一點也不害怕呢，能夠遇見他們眞是太好了，對吧？」

「嗯？啊……沒錯，眞是太好了。」

莫拉有些心不在焉地回答，因爲他正在找機會留下暗號，好讓組織成員找到自己。

話說回來，那些傢伙也太強了吧？原來上次他們沒有使出全力嗎？這麼厲害的傢伙竟然默默無名，眞是不可思議。

當初智骨等人在第一防線是集合多人的力量打倒人造災獸，當時莫拉就已經對他們的實力深感訝異，如今看來那並非他們的極限。

這世上的確不乏隱世的強者，但那只存在遙遠的過去。第一次兩界大戰時，人界軍幾乎統合了全世界的高端戰力，就算有些強者沒有加入，相關情報也會被記錄成檔。由於當權者的猜忌，哪怕戰爭結束，這份檔案也不斷被擴充完善，數百年後的今天，隱世強者已經是爐邊故事才會出現的名詞。

恐怕我也要出手了……只是該怎麼把握時機？而且他們很強，必須避免近身戰……得先把那個叫智骨的傢伙解決掉，再用魔法解決其他人……

就在莫拉思考戰術之際，一股奇怪的不協調感突然籠罩了他。

「二小姐，妳有沒有覺得——二小姐？」

莫拉正想詢問克拉蒂有沒有感覺到異常，卻發現對方不知何時消失了！

莫拉連忙停下腳步，然後驚覺不只克拉蒂，連其他人也消失了。莫拉拔出長劍，嚴肅地打量四周。

「不用緊張，荊棘。」

飄渺的聲音迴盪四周，莫拉認得這個聲音。

「是你嗎，橙？」

「是我。」

「怎麼回事？你做了什麼？」

「只是把你們隔開而已。」

「隔開……？」

「啊啊，沒錯。那四個人太礙事了，得先處理掉他們才行。火種很珍貴，可不能再折損了。」

莫拉馬上聽懂對方的意思。「橙」認爲人造災獸對付不了智骨四人，所以打算親自出手。

「……那我要做什麼？」

「跟之前一樣，沿途留下記號就好。你的身分沒有必要暴露。」

「了解。」

莫拉沒有問「你能贏得了他們嗎？」這種蠢問題，看看目前情況就知道，「橙」絕對是遠在自己之上的強者。這種無聲無息將人隔離開來的魔法，他從來沒聽過。

「事情很快就會結束，你只要裝作什麼都不知道就行了。」

飄渺的聲音逐漸消失，莫拉的心情跟著變得平靜。原本他還有些擔心狀況會失控，但「橙」剛才所展現的實力，將他的不安徹底擊碎。

智骨一臉嚴肅地環顧四周。

數秒前，原本跑在他們前頭的調查隊等人，以及應該跟在他旁邊的同僚，竟然像是變魔術一樣莫名其妙消失了。面對突如其來的異常現象，智骨沒有驚慌，而是冷靜地觀察環境，企圖從中找出線索。

很快地，智骨便想出了幾個可能。

首先是幻覺，但不死生物不受幻覺影響，所以可以判斷並非幻象系魔法。

接著是異常環境，一旦植物或礦物因元素失衡而災化，有極小機率形成特殊環境，但周遭的元素還算穩定，所以也可以排除。

最後就是——

「空間系魔法……」

智骨認爲自己已經找到了答案，同時也爲自己的運氣之差而感嘆。

空間系魔法屬於複合系元素魔法，顧名思義，是一種由複數系統的元素魔法所結合的特殊型態法術。即使是在英才濟濟的魔界軍，也只有軍團長級別的魔法師才有辦法掌握。

換言之，智骨現在面對的，是桑迪或夏蘭朵那個等級的敵人！

「哦？認得出來嗎？你的知識出乎意料地豐富。」

飄渺的聲音從天降臨。

「對魔法師而言，知識即是力量。你很有潛力，假以時日，或許有望踏上十三級，甚至是更高的境界吧。要親手摘除這樣的幼苗，真令人於心不忍。」

那道聲音彷彿打從心底惋惜似地說道。

「你是誰？」

「死吧。」

那道聲音沒有回答智骨，而是下達了死亡宣告。

下一瞬間，一股無形重壓襲向智骨。

「——嗯？」

那道聲音充滿錯愕的語氣，與此同時，智骨也開始吟唱咒文。

「無效？你竟然有防護即死法術的魔法道具？」

那道聲音訝異說道。

沒錯，剛才他使用的正是即死魔法。

以他的實力，十級以下的魔法師絕對是一擊必殺，然而從智骨先前的表現與年紀來看，等級絕對不到十級。唯一的解釋，就是智骨身上有可以抵擋即死魔法的寶物。

當然，聲音的主人誤會了。不死生物害怕的東西或許很多，但最不怕的肯定是即死魔法，就連最弱小的骷髏或殭屍也不例外。

就在聲音的主人準備使用其他魔法時，智骨的咒文也已完成。

智骨的身影化爲離弦之箭，高速衝向樹林深處。下一秒，他之前站的位置遭到無形力量轟擊，就連地面都被挖出一個大洞，要是他還站在原處，肯定會被那股力量壓碎。

「嗯？很聰明。越來越覺得殺你是件可惜的事了。」

智骨的行動，聲音的主人給予高度評價。

智骨沒有爲自己套上魔法護盾，也沒有碰運氣式地胡亂攻擊，更沒有試圖偵測環境找出敵人，他選擇的是——強化速度，提高自身機動力。

這個決定看似懦弱，但其實再正確不過。

雙方實力相差太大，正面對抗肯定沒有勝算，因此智骨打算使用游擊戰術。他也是魔法師，因此知道魔法師最討厭的對手之一，就是能夠高速移動的敵人。

雖然不知道對方的空間操縱範圍，但只要一直快速移動，對方就必須分出注意力維持空間法術，以免被我脫逃。這樣一來，我被魔法打中的機率就會下降！

智骨一邊疾奔，一邊思考自己接下來該怎麼辦。

就在這時，天空突然落下數道光箭。

光箭就像是有意志的生物，在空中描繪出彎曲的軌跡襲向智骨。光箭的數目是七發，智骨不斷變向轉彎，驚險地閃過其中六發，但最後還是被一發光箭打斷左臂！

「放棄吧，你再怎麼掙扎也沒用。」

第二波光箭襲來，數量赫然高達十三發！

在聲音主人看來，這次智骨必死無疑。肉體的疼痛、精神上的打擊，再加上失去手臂不易保持平衡，智骨的行動肯定會大受影響，絕對避不開這波光箭。

但是——

「——閃過了？」

智骨成功避開光箭的襲擊，雖然樣子十分狼狽，但還是躲過了。

「……看穿了我追蹤術式的規律？就在之前的攻擊中？怎麼可能！」

聲音的主人一眼識破箇中祕密，但這更加令他無法接受。讓魔法擁有追蹤能力的術式不只一種，若再加上特殊變化，搭配組合高達數十種。眼前這個黑髮青年看過一次就能找出自己慣用的術式？他絕不相信。

第三波光箭，這次數量是二十四發。

然而智骨用行動證明他的閃躲並非仰賴運氣，全是依靠實力。二十四發光箭，同樣一發也沒中！

「豈有此理！」

那道聲音多了惱怒的情緒，並且射出了第四波光箭，但這次僅有八發。

光箭數量雖然變少，卻收獲到更大的戰果。

光箭並非瞄準智骨，而是從四面八方圍住他，然後自動引爆！

八發光箭構築的爆炸範圍毫無死角，智骨完全沒閃避的空間，只能正面承受攻擊。

光爆餘波很快消失，智骨像是破布般倒在地上，他的身體殘破不堪，四肢斷裂，傷口焦黑，看起來已經變成一具屍體。

「很不錯……不對，你的表現，用天才來形容也不爲過……可惜你干擾了我們進攻正義之怒要塞的計畫，否則眞想把你收爲弟子。」

聲音的主人以遺憾的口氣說道。天空匯聚了點點星光，他準備將對方從這世上徹底抹去，連屍體都不留。

就在這時，巨大的咆哮響徹天地！

「什——？」

閃光撕裂了空間。

一道粗壯的光柱從雲層上方直擊樹林，引發巨大的爆炸。

樹木、泥土、雜草、石塊……數不清的雜物被暴風吹飛，至於光柱的正中心，更是被能量蒸發得什麼也不剩，一切盡歸虛無。

光柱消失後，地面出現了一個直徑高達數百公尺的深坑。深坑邊緣處，一道戴著面具的人影正仰望天空。

「魔界軍！」

「橙」驚怒地大喊。在他的視野一角，可以看見一道黑影從雲層上方往下俯衝，目標赫然正是自己。

黑影的眞面目，是龍。

超獸軍團長・黑穹——本體親自降臨！

來不及思考魔界軍爲何會突然出現在這裡，「橙」連忙吟唱咒文，進行空間跳躍。還沒等到黑龍降落，便已逃逸無蹤。

黑龍沒有落地，而是在樹林上空停留，彷彿在搜索什麼，數秒後，鼓動雙翼，捲起暴風般的氣流朝正義之怒要塞的方向飛去。

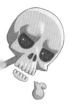

Epilogue

正義之怒要塞司令部的會議室，這一天聚集了許多大人物。

正義之怒要塞司令官、四大軍團長，以及觀察團全員統統到齊，他們之所以聚集於此，是因爲銀枝伯爵準備公布此行的視察結果。

理論上，銀枝伯爵的行爲並不合法，觀察團要報告的對象應該只有萬魔殿，但銀枝伯爵認爲事態有變，所以有必要將觀察結果告知正義之怒要塞駐軍。

令銀枝伯爵做出此一決定的理由，在於智骨等人不久前探查到的情報——人界軍即將大舉反攻！

當初開拓小隊離開正義之怒要塞時，銀枝伯爵在智骨身上種下可以窺視其行蹤的祕術，因此開拓小隊的一言一行皆在觀察團的掌握之中——其中當然也包括拉蒙·炎金的那番豪語。

既然確定人界軍有奪回正義之怒要塞、甚至進攻魔界的企圖，萬魔殿自然不可能縮減正義之怒的駐軍數量，否則人界軍一旦眞的攻入魔界，這個責任誰都承擔不起。

銀枝伯爵判斷裁軍案不可能繼續推動，同時她也認爲在人界軍隨時可能反撲的情況下，穩定正義之怒要塞駐軍的士氣乃是當務之急，因此才會決定公布觀察結果，好讓駐軍安心。

「就這樣相信那個矮子說的話，眞的沒問題嗎？」

對於銀枝伯爵的決定，拿紮一開始並不認同，觀察團對此也頗有微詞，但後來正義之怒要塞駐軍拿出了許多祕密資料，說服了他們。

「那個叫阿提莫的人類是敵軍要塞的統治階層，叫波魯多的矮子也是。拉蒙．炎金在那兩人面前談論軍事機密，他們竟然沒有反駁，這已經可以說明很多事了。」

「恐怕人界軍全體已做好準備，阿提莫覺得沒必要繼續隱瞞了吧。」

「而且那個矮子的地位顯然比阿提莫更高，他說的話有一定的可信度。」

「事關重大，還是先當作有這回事比較好，否則日後追究起來，上面很可能會要我們負責。」

觀察團連夜開會，最後終於取得共識。拿紮等人雖然肩負派閥交代的任務，但也不是白痴，要是在這種情況還堅持撤軍，到時出事，派閥肯定會把他們扔出去平息輿論。

「——所以，觀察團全體一致認爲，正義之怒要塞沒有必要裁軍。」

銀枝伯爵當眾宣布結果時，雷歐司令官與四大軍團長表現得很平靜，但事實上全都暗暗鬆了一口氣。

「呼姆……另外，你們那支祕密部隊——好像叫開拓什麼的——恐怕已經暴露了，否則也不會遇到那種事。」

銀枝伯爵所指的，便是智骨之前被神祕強者襲擊的事。

眾魔認爲這是智骨等人的身分被識破，才會引來那樣的高手。畢竟就算在魔界，能使用空間系魔法的魔族也屈指可數，那樣的強者不可能無緣無故出現，肯定是因爲涉及到什麼大事，才會讓如此強者動手對付一個實力遠遜於自己的對象。

「恐怕就像伯爵大人對智骨上尉做的事一樣，那些人類之中，有人也被種下了監視魔法吧。」

「有道理，他們看穿了開拓小隊的眞面目，特地派人過來解決後患。」

「黑穹少將，妳跟對方交過手，對方實力如何？」

眾魔視線立刻聚焦於黑髮少女身上。

「不好說。對方馬上就跑掉了，很難判斷有多強。」

黑穹雙手抱胸思考了數秒，然後皺眉說道。

「不想洩露關於自己的情報嗎……對方的保密意識很高啊。」

「拉蒙．炎金說過人界軍還有很多隱藏的高手，對方大概就是其中之一吧。」

「那種等級的強者竟然還有三十多個……人界軍的戰力不容小覷。」

會議室的氣氛頓時沉重起來。

「呼嗯……話說回來，當初你們打下正義之怒要塞時，不是也跟人界軍的強者交戰過嗎？要是那樣的強者來了三十多個，你們有辦法應付嗎？」

「無法判斷。當初那些人界軍強者打得不是很積極，他們的戰法是把自己當成輔助部隊，攻擊主力則是要塞的防禦系統。換句話說，他們保留了實力——而且是保留了很大一部分。」

雷歐立刻回答。他們在攻下正義之怒要塞後，進行了多次戰鬥檢討。

「我的分身倒是曾跟一名人界軍強者正面交手過，結果不相上下，不過那是比較弱的分身。如果以那名人界軍強者爲基準，依靠要塞的防禦系統，我想擊退人界軍的機率很大。」

無心接著補充道。

「呼姆……這樣啊……總之，請諸君努力備戰，後面的事情就交給我們了。」

「還請您多多幫忙。」

就這樣，雷歐司令與銀枝伯爵用上述對話爲這場視察畫下了完美的句點——至少在官方記錄上是這樣沒錯。

「呼姆……另外，貴部隊的思想教育我想有必要加強一下。光明正大地蹺班什麼的，實在不是前線士兵該有的態度。」

「請放心，我們一定會注意的！」

雷歐司令一臉嚴肅地回答，站在他身後的四大軍團長則露出了不懷好意的冷笑……

「請容我向諸位致歉。」

艾尼賽斯說完深深行了一禮。即使是做出如此謙遜的行爲，這名十三級魔法師的身姿依舊優雅，令人能夠體認到爲何精靈會被稱爲「神明鍾愛的種族」。

接受道歉的一方乃是復仇之劍要塞軍事委員會，此時五名委員表情各不相同。阿提莫面帶苦笑，波魯多一臉不悅，克莉絲蒂神色冰冷，豪閃表情傲慢，巴沙充滿熱情。

諾大的會議室裡僅有六人，除了五名軍事委員，調查團只有艾尼賽斯一人到場。

「您言重了、言重了。本來就不關您的事，眞要怪只能怪運氣不好。誰能想到魔界軍的奸細竟然能夠潛入到那麼深呢？甚至連那頭黑龍都出現了。」

巴沙搶在其他人之前開口，將調查隊一行人遇襲的事定調爲單純的運氣不好。其他人聞言忍不住皺眉，顯然不怎麼贊同，但沒有出聲反駁。理由很簡單，他們知道就算追究此事也沒有用，他們不可能藉此扳倒調查團，反過來說，調查團若是因爲惱羞成怒，在報告書上寫了他們的壞話，他們統統要倒楣。

雙方地位從一開始就不平等，這點連脾氣暴躁的豪閃都清楚，所以其他四人才會默認巴沙代替他們發言。簡單地說，他們擔心自己忍不住出口諷刺或罵人，把事態推向更糟糕的地步。

「不，團員的失態，我這個團長也有不可推卸的責任。如果我當初拒絕炎金卿的提議，那薩米卡隆卿、火鎚卿與星葉家二千金就不會遇到危險，我們也不會失去那麼多英勇的士兵了。」

艾尼賽斯沉痛說道。

「哎呀，您不必把所有責任全攬在自己身上。說起來還是多虧有您在，才能把那頭黑龍嚇走。如果沒有您，我軍不知會遭受多少損失呢！」

巴沙神色誠懇地說道。一旁的豪閃額頭浮現青筋，臉色凶狠地瞪著他。**「你的意思是黑龍就不怕我這個獸人劍聖囉？」**——豪閃的眼神彷彿這麼說道。

巴沙裝作沒察覺到背後傳來陣陣殺氣，繼續賣弄口舌。

「雖然是不幸的意外，但我們也不是毫無收穫。魔界軍投入了新兵種、利用小股部隊滲透我軍防線的新戰術，以及魔界黑龍有能力突破我軍的空中預警機制……這些都是極爲寶貴的資料，肯定有益於我軍往後的戰鬥。」

「感謝你們的諒解。我們也充分理解了前線將士的驍勇善戰，以及各位的管理手腕有多麼優秀。上面的人或許對你們有一些誤會，但我相信很快就能解開。」

「承蒙貴言，那一切就拜託您了。」

「當然，也願世界樹庇佑諸位。」

巴沙與艾尼賽斯就像是無良政客般，交換著充滿暗示的話語。

「我們不追究拉蒙那白痴的事，還幫你們說好話，這樣是不是該給點回報？」、「沒問題，調查報告的事絕對會讓你們滿意！」、「那就麻煩你了哈哈哈哈！」、「放心交給我吧哈哈哈哈哈！」——簡單地說，就是這樣的利益交換。

確定兩人已經談妥，阿提莫立刻開口說道：

「月實大人，您真的沒有找到那四個修行者嗎？」

「嗯？是的，我沒有找到。」

艾尼賽斯表情微帶歉意地回答。

阿提莫等人是被艾尼賽斯救回來的。黑龍突然現身轟炸後，這位十三級魔法師便立刻趕了過去，可惜當他抵達現場時，黑龍已經離開。後來他發現了被爆炸餘波捲入而昏迷的阿提莫等人，便將他們帶回復仇之劍要塞。

「我當時用了偵測生命的法術，只發現到你們。你們口中的那四個修行者……很可能已經死於黑龍的攻擊了。」

「……連屍體都找不到嗎？」

阿提莫皺眉問道，艾尼賽斯一臉遺憾地搖了搖頭。

「閃耀者在上，那些傢伙都是好人吶！我本來還想等回來之後，一定要請他們喝酒的！可惡，這份人情該怎麼還吶？」

波魯多仰天嘆了一口長氣，然後懊惱地說道。

「別說得那麼武斷，波魯多。那四人實力驚人，沒道理我們活下來，他們卻死了。我覺得他們肯定還活著。」

「那他們會在哪裡？總不可能被黑龍吃掉了吧？哈哈哈——哈哈……哈……」

波魯多的笑聲很快收斂起來，因爲他發現阿提莫正一臉驚恐地看著他。

「不、不會吧？你覺得他們眞的被黑龍吃掉了？」

「我……我只是在想……說不定他們沒有像我們一樣昏迷，然後這時黑龍來了，他們爲了保護我們，挺身跟黑龍戰鬥……」

阿提莫沒有繼續說下去，但大家都知道他想表達的意思。

正因爲那四名修行者的捨命奮戰，艾尼賽斯才能趕在黑龍吃掉其他人之前抵達現場，若眞是如此，他們等於又被對方救了一次。

惋惜又有四個人界豪傑喪命於魔界軍之手後，眾人當場解散，各自回去做自己的事。

當阿提莫回到辦公室時，發現有一個客人正坐在沙發上等他。

「哈默斯卿？有事嗎？」

來者正是吉姆．梵．哈默斯，這位中年貴族傷勢已徹底痊癒，見阿提莫回來，那張陰鷙的臉孔立刻露出微笑。

「沒有事先通報就前來拜訪，還請原諒我的失禮。」

「哪裡的話，無論何時何地，我的門扉都會爲哈默斯卿而開。」

「我也是。既然如此，請你直接稱呼我吉姆吧，這樣聽起來比較親切。」

「哦哦——這眞是我的榮幸，那麼也請你直接叫我阿提莫吧。」

兩人帶著笑容一陣寒暄，然後坐下來喝茶閒聊。阿提莫一邊應付吉姆，一邊思索對方究竟想幹什麼。

在貴族圈裡，直呼姓名這件事有著非比尋常的意義。阿提莫自認跟吉姆的交情絕對不到那種程度，所以搞不懂對方爲何如此熱情。

然而阿提莫很快就不用費心猜測了，因爲吉姆直接揭曉自己的來意。

「阿提莫，聽說你想當國王？我願意支持你。」

阿提莫把剛喝下去的茶全噴了出來。

一道金色人影在黑暗的通道中行走著。

金色人影的身高大約兩公尺，沒有五官，也沒穿衣服，外表乍看之下有如幼童的塗鴉之作，然而若有高階魔法師在此，肯定會對金色人影大吃一驚。

金色人影的正體乃是元素傀儡。

所謂元素傀儡，是一種用魔力固化元素，並注入意志進行操縱的魔法。元素固化的外形不限人形，也可是蟲子或野獸，傀儡的體積大小和操縱距離與施術者實力成正比。

一般來說，就算是十級魔法師也只能做出小型動物尺寸的元素傀儡，從金色人影的體型判斷，背後操縱者的魔法等級恐怕在十二以上。

金色人影看似在行走，其實是以飄浮的方式移動，雙腳根本沒有沾地。它移動速度很快，沒多久便抵達通道盡頭，來到一扇厚重金屬大門之前。

金屬大門上銘刻著複雜的紋路，金色人影的胸口浮現一道魔法印記，門上的紋路頓時閃爍起來。

「**身分確認。歡迎您，真理的追尋者。**」

一道分不出性別的聲音平空響起，接著大門沒有發出任何聲響地緩緩打開。

門後是個極其巨大的空間。高度大約三十公尺，長度與寬度則是高度的兩倍以上。天花板、地板與四壁都由金屬構成，而且銘刻了大量魔法陣。

巨大空間的正中央被一個奇妙的物體佔據。

那是顆白色的巨大金屬圓球，圓球表面插著大量管線，並且延伸至這片空間的每個角落。

金色人影凝視白色圓球，然後目光突然落到了某一處地面之上。

「爲什麼你會在這裡，九？」

就在金色人影提出疑問的下一秒，地面的顏色突然轉黑。那片黑色由平面轉爲立體，迅速變成一個將近兩公尺的人形物體。

如同金色人影，黑色人影同樣是元素傀儡。

「當然是維護眞理之核。這個月值班的人是我，你忘了嗎，八？」

「我一向只記得自己的值班時間。」

金色人影坦然承認自己的疏忽。

這兩具元素傀儡的操縱者，正是祕密結社．眞理庭園的八席與九席。他們口中的眞理之核，便是那顆巨大的白色金屬圓球。

眞理之核是眞理庭園開發的自律型魔法計算系統，號稱擁有凌駕此世代所有同類型系統的計算能力。由於眞理之核的存在太過重要，而且相關維護工作需具備高度魔法知識，因此只能交由九色星辰——也就是個位數序列——來負責。

「那麼，現在換我提問了。你又爲什麼會在這裡？」

「剛好在附近執行任務，順便過來看看。」

八席這次的任務是撬動魔界軍與人界軍之間的休戰狀態，令雙方重新點燃戰火。想達到這個目的，只在人界軍大後方挑唆是不夠的，必須在前線引發事端才有可能。

眞理庭園的大本營就位在正義之怒要塞附近的地底，魔界軍打下正義之怒要塞後，嚴重影響了眞理庭園的行動，正因如此，他們希望人界軍盡早奪回正義之怒要塞。

「這樣啊，不過你的任務似乎不太順利？」

九席的語氣有些幸災樂禍。

「原本一切都按照計畫在走，只是最後出現了意外。我沒料到魔界軍竟會插手。」

「你是說那頭黑龍嗎？的確，那玩意兒很棘手，眞打起來，我大概不是牠的對手。不過除了那頭龍以外，其他事眞的有按照你的計畫在走嗎？」

「……什麼意思？」

「我都看到了哦。不正是因爲計畫不順利，你才會親自出手嗎？空間魔法引發的元素波動可是很強的，如果魔界軍探測到那股元素波動，派遣強者過來確認情況也是很正常的事。」

「你想說什麼？」

「你的做法應該更精細一點，八。親自動手處理調查隊不是不行，但沒必要使用空間魔法。麻痺、下毒、昏睡，手段要多少要多少，你卻選擇了最誇張的方式。那麼做只能滿足你的表現欲跟優越感，除此之外毫無意義。」

金色人影突然揚手，一枚光球有如炮彈般轟碎了黑色人影！

「抱歉，我說中你的痛處了嗎？」

黑色碎片重新聚合，迅速恢復原來的形狀。

「我沒有錯，是眞理之核的問題。它擬定的計畫本來就有缺陷。」

金色人影沉聲說道。

「哦哦，要是前五席聽到這句話，你可是會被狠狠教訓一頓喲。」

「無所謂，因爲這是事實。凡是跟魔界軍扯上關係的事，它總是失誤連連。若他們連擺在眼前的現實都不肯承認，那麼所謂的追求眞理，也不過是自欺欺人的口號罷了。」

「不就只是資料不足而已嗎？眞理之核的能耐，我以爲你很清楚。遷怒可不是好習慣，八。」

金色人影不再回應黑色人影，而是逕自轉身離開。等到確定對方眞的不在了之後，黑色人影抬頭望向眞理之核，那閃耀著無機質光彩的姿態，就像是在嘲笑爲無聊之事爭執的他們。

「哼……同一個計畫，卻連續失敗三次，這種事還是第一次發生……前五席應該再也坐不住了吧……世界或許要熱鬧起來了。」

說著不祥的預言，黑色人影融入了地面，再次化爲無形。

💀💀💀

醒來之後，智骨見到了熟悉的天花板。

醫院與副官辦公室——這兩個地方的天花板是智骨在非自願情況下失去意識後，醒來時最先見到的東西。這次的天花板屬於前者。

記憶的泡沫慢慢浮上水面，智骨想起了失去意識前的事。自己被奇怪的人界強者打得支離破碎，如果他不是不死生物，恐怕早就回歸魔神的懷抱了吧。

就在這時，房門突然打開。智骨以爲是護士，沒想到來的卻是意想不到的人物。

「哦，醒過來了，看來我沒算錯你復活的時間。」

「巴倫？」

來者正是不死軍團長的副官，無頭騎士巴倫。他走到病床旁，把手中盒子遞給智骨。

「吶，這是探病的禮物。」

「謝謝……哦，是『好骨氣』！這個很貴耶！不好意思，還讓你破費！」

智骨一見盒子裡的東西，立刻雙眼發亮。「好骨氣」是魔界著名的鈣質補充劑，在骷髏系不死生物之間享有盛譽，許多魔界骨龍都是這個牌子的愛用者。

「不客氣，反正是用公費買的。」

「咦？」

智骨愣了一下，然後左右張望，確定房間裡沒有其他人後，才壓低聲音說道：

「你挪用公款了？還是採購的回扣？如果是商家送你的禮物，我建議你趕快跟對方斷絕往來。你是無頭騎士，根本不用補鈣，連怎麼送禮都不懂，這種商家沒有合作的價值。」

巴倫用奇怪的眼神看著智骨，他的反應令智骨有些疑惑。

「你怎麼了？」

「沒事。是夏蘭朵大人叫我過來探病，順便送點補品給你，我才用公費買了這個。跟貪污賄賂什麼的完全沒關係。」

「咦？夏蘭朵大人？爲什麼？」

「她說你聽完這個就知道了。」

巴倫拿出了一顆拇指大的玻璃珠。這是傳訊珠，專門用來傳遞訊息的魔法道具，它能將情報直接傳入對方意識之中，不僅可以避免情報在轉達過程中遭到扭曲，而且保密性極高。

智骨接過傳訊珠，有些不安地灌入魔力，接收裡面的資訊。

下一秒，智骨的意識空間裡浮現了夏蘭朵那足以魅惑眾生的身影。

「智骨，辛苦了，這次的任務你幹得很好。觀察團回去了，他們對你的接待很滿意，作爲獎勵，我們大家決定送你禮物。」

「有鑑於你被人界軍攻擊，身分可能已經遭到暴露，我們一致決定送你用來應對此一危險事態的獎勵。感到榮幸吧，智骨，上面決定要撥發經費，委託我幫你改造喲！」

「放心，我這次的改造非常實用，而且絕對充滿驚喜。只要說一聲：『在星光與彩虹的陪伴下，吾身閃耀。』就可以了，快點試試看吧。」

「啊，對了，這次的改造跟接下來要交給你的祕密任務有關，不可以告訴任何人，否則軍法論處。」

巫妖女王的祝福！聽完留言，智骨臉色瞬間變得慘白。

爲什麼？怎麼回事？爲什麼上面要撥款請夏蘭朵大人改造我？我做了什麼嗎？

智骨慌張地看著巴倫，想從對方身上尋求解答，但想到夏蘭朵的警告，他最後還是沒有問出口。然而巴倫像是知道了什麼似地，一臉同情地說道：

「你被夏蘭朵大人改造了吧？我能理解你的心情。看開點，魔生沒有邁不過去的難關。我們是不死生物，有的是時間存錢，重新把身體改造回來。」

「你……知道我被改造的事……？」

「夏蘭朵大人說的。她大概也是覺得這次的改造太亂來，對你很不好意思，才會叫我買禮物送你。」

「啊……啊啊……這樣啊……」

接著兩人閒聊了一會兒，不久後巴倫便離開了。

智骨茫然地看著空蕩蕩的病房，然後他深吸一口氣，從病床上站了起來。

「在、在、在——在星光與彩虹的陪伴下，吾身閃耀。」

智骨鼓起勇氣，輕聲唸出了不知所謂的祕語。

瞬間，智骨的身體爆發出灼目的閃光。

當光芒消失之後，智骨立刻望向窗戶，審視自己倒映於玻璃上的身姿。

玻璃映出的智骨再也不是平凡無奇的黑髮青年，而是曾經以絕妙歌舞轟動了復仇之劍要塞的絕世夢幻美少女——甜蜜拉拉。

「這是什麼啊啊啊啊啊啊啊啊啊啊啊！」

病房裡面響起淒厲的慘叫。

《明明是魔族的我，爲什麼變成了拯救人界的英雄？ vol.3》完

高人氣的原因

呀——!
怎麼回事?最近老是有不認識的人盯著我看……?
啊,大概是因為這個吧。
燃燒吧!
火熱激烈之夜!
……二小姐,這個是?
拉蒙·炎金離開前搞出來的東西,據說賣得很不錯哦~
就是喝了營養湯那晚發生的事。

後記

後記倦怠症。

顧名思義，這是一種在撰寫後記時所發生的情況，具備症狀包括了頭暈、疲累、焦慮、失眠、食欲不振、歇斯底里、記憶力衰退，是一種作家經常會有的職業病。如果不及早治療，很容易會惡化成「拖稿症」或「靈感喪失症」，一旦到了那種地步，作家生命等於斷絕了一半。關於後記倦怠症的治療方法，目前尚未有統一的定論，但根據非正式統計，「休息」、「金錢」與「讀者聲援」能夠有效減輕病情。

沒錯，寫了這麼多，我只是想表達我可能不幸罹患了後記倦怠症而已。

我想休息啊啊啊啊啊啊——（吶喊）！

我好想中獎啊啊啊啊啊啊——（吶喊）！

在世界中心呼喚愛愛愛愛愛愛——（吶喊）！

……抱歉，失禮了。

《明明是魔族的我，爲什麼變成了拯救人界的英雄》總算來到第三集，本書預計的總集數是五集，故事線已經正式跨過一半。希望購買了前三集的讀者們能看得開心，如果有什麼感想或建議，也歡迎到我的FB發言哦。

天罪

明明是魔族的我，為什麼變成了拯救人界的英雄？vol.4

下集預告

短暫的和平即將被打破，世界再次引燃戰火。
有誰能夠挽回這一切？

救世的聖女。
漂泊的勇者。
新的傳說，即將誕生！

PS：以上預告，成真機率50%。

天才不死生物華麗變身！？
～2023夏，敬請期待～

國家圖書館出版品預行編目資料

明明是魔族的我，為什麼變成了拯救人界的英雄？
／天罪 著.
——初版. ——台北市：魔豆文化出版：蓋亞文化
發行，2023.05
冊； 公分.（Fresh；FS207）
ISBN 978-626-96918-4-5（第三冊：平裝）
863.57 112005220

fresh FS207

明明是魔族的我，為什麼變成了拯救人界的英雄？ vol.3

作　　者　天罪
插　　畫　@ichigo
封面設計　木木lin
責任編輯　林珮緹
總 編 輯　黃致雲
發 行 人　陳常智
出 版 社　魔豆文化有限公司
發　　行　蓋亞文化有限公司
地址：台北市103承德路二段75巷35號1樓
電話：02-2558-5438　傳真：02-2558-5439
電子信箱：gaea@gaeabooks.com.tw
投稿信箱：editor@gaeabooks.com.tw
郵撥帳號 19769541　戶名：蓋亞文化有限公司
法律顧問　宇達經貿法律事務所
總 經 銷　聯合發行股份有限公司
地址：新北市新店區寶橋路二三五巷六弄六號二樓
電話：02-2917-8022　傳真：02-2915-6275
港澳地區　一代匯集
地址：九龍旺角塘尾道64號龍駒企業大廈10樓B&D室
電話：+852-2783-8102　傳真：+852-2396-0050
初版一刷　2023年 5月
定　　價　新台幣 270 元
Published and printed in Taiwan

ISBN 978-626-96918-4-5

魔豆

魔豆